经典朗诵诗选

JING DIAN LANG SONG
SHI XUAN

吉狄马加　主编

李少君　执行主编

图书在版编目(CIP)数据

经典朗诵诗选/吉狄马加主编.—北京:人民文学出版社,2020
ISBN 978-7-02-015336-7

Ⅰ.①经… Ⅱ.①吉… Ⅲ.①诗集—中国—现代②诗集—中国—当代 Ⅳ.①I226

中国版本图书馆 CIP 数据核字(2019)第 111802 号

责任编辑　刘　伟　陈　悦
装帧设计　陶　雷
责任校对　韩志慧
责任印制　王重艺

出版发行　人民文学出版社
社　　址　北京市朝内大街 166 号
邮政编码　100705
网　　址　http://www.rw-cn.com

印　　刷　三河市鑫金马印装有限公司
经　　销　全国新华书店等

字　　数　144 千字
开　　本　680 毫米×960 毫米　1/16
印　　张　27.5　插页 3
印　　数　1—6000
版　　次　2020 年 1 月北京第 1 版
印　　次　2020 年 1 月第 1 次印刷

书　　号　978-7-02-015336-7
定　　价　69.00 元

如有印装质量问题,请与本社图书销售中心调换。电话:010-65233595

序

吉狄马加

中国是一个诗歌大国。从先秦到当代，从《诗经》到现代新诗，历经三千余年，各类诗歌异彩纷呈，浩如烟海。

极富生命力的中国诗歌是中国文学的精髓。纵观中国历代诗坛，群星璀璨，诗人辈出。那些流传千百年而传诵不衰的名篇佳作，更是灿若群星，数不胜数。

爱上中国诗歌的人们，一定会越来越深切地体会到，中国诗歌文化博大精深。尤其是在文学作品的朗诵活动中，人们朗诵得最多的当然是诗歌。

为适应全民阅读和广大诗歌爱好者开展朗诵活动的需要，我们以百年新诗为选编对象，精心编选了两本"朗诵诗选"，一本是《经典朗诵诗选》；另一本是《经典散文诗选》。两本篇目累计，正好是新时代的"诗三百"。

为什么把朗诵目标锁定在诗歌？因为诗歌饱含炽热的情感、鲜明的节奏、悦耳动听的音韵，言简意丰的诗意，直接形成诗歌的好读与好记；因而，千百年来，诗歌是最适合朗诵的文学样式，文学样式中诗歌经典最多。唐诗宋词，为什么传之久远？与它是精品有关，与它自身

呈现的特点更相关。

当然,唐诗宋词,传至今天而不衰,还与人们的代代口耳相传有关,与好的诗词选本成为优质传播源更有关。如《唐诗三百首》《宋词三百首》等选本,自诞生以来,无数个版本,无数次印制,对唐诗和宋词的广泛传播,功莫大焉。

在编选过程中,中国作家协会、《诗刊》社和人民文学出版社的编选者参考了百余种中国现当代诗歌书籍。为了有别于其他同类图书,编者反复斟酌编选标准,力求呈现两个特点:一是入选诗篇必须是诗意浓郁、寓意深刻、形象鲜明、好读好记的作品,具体到每一首都要求内容健康,语言优美,朗朗上口,易于朗诵。二是入选诗篇必须是名篇佳作。对《经典散文诗选》每篇都作了阅读与朗诵提示,由张贤明撰写,旨在帮助朗诵者正确理解作品。要说明的是,提示文字只是点到为止,更多的诗境诗意要让朗诵者自己去品味。

由于时间仓促,编选者视野有限,不当之处在所难免,敬请广大读者指正。我们再版时将及时订正。

2019年1月31日

目 录

一

郭沫若	立在地球边上放号	3
	天狗	4
	炉中煤——眷念祖国的情绪	6
闻一多	一句话	8
艾　青	我爱这土地	10
余光中	乡愁	11
胡　适	希望	13
戴望舒	我用残损的手掌	14
	雨巷	16
刘半农	教我如何不想她	19
徐志摩	再别康桥	21
殷　夫	别了,哥哥	23
冰　心	纸船——寄母亲	26
朱自清	光明	27
林徽因	你是人间的四月天——一句爱的赞颂	28
朱　湘	采莲曲	30
叶　挺	囚歌	33

田　间	假使我们不去打仗	34
冯　至	我是一条小河	35
徐　讦	秋郊遥望	37
光未然	黄河颂	39
陈　辉	姑娘	42
胡　风	为祖国而歌	44
贺敬之	桂林山水歌	47
郭小川	团泊洼的秋天	51

二

何其芳	预言	57
公　刘	上海夜歌（二）	60
臧克家	有的人——纪念鲁迅有感	61
梁　南	我追随在祖国之后	63
阮章竞	漳河水（节选）	66
李　季	王贵与李香香（节选）	67
青　勃	苦难的中国有明天	71
严　阵	钟声又响起来了……	73
绿　原	中国的风筝	74
雁　翼	登峰了望	76
罗　门	麦坚利堡	78
徐玉诺	小诗	81
曾　卓	有赠	82
	悬岩边的树	84
管　桦	大地	86

卞之琳　断章　89

穆木天　落花　90

阿　垅　无题　92

鲁　黎　泥土　93

陈敬容　力的前奏　94

穆　旦　秋　95

蔡其矫　祈求　99

闻　捷　苹果树下　101

于右任　望大陆　103

苏金伞　埋葬了的爱情　104

牛　汉　华南虎　106

白　桦　云南的云　109

丁　芒　江南烟雨　111

三

食　指　相信未来　115
　　　　热爱生命　117
　　　　这是四点零八分的北京　119

佚　名　扬眉剑出鞘（组诗）　121

芒　克　阳光中的向日葵　124
　　　　葡萄园　125

北　岛　回答　127
　　　　宣告——献给遇罗克　129

多　多　阿姆斯特丹的河流　130
　　　　春之舞　131

梁小斌	雪白的墙	133
	中国,我的钥匙丢了	135
徐敬亚	我恨……	138
严 力	还给我	140
	母语的回程票	141
顾 城	我是一个任性的孩子	143
王小妮	我感到了阳光	148
	重新做一个诗人	149
彭邦桢	月之故乡	152
沙 鸥	新月	153
林 庚	大海	154
柯 岩	周总理,你在哪里?	155
李 瑛	一九七八年的春天	158
雷抒雁	小草在歌唱(节选)	159
孔繁森	第二次出征西藏	162
简 宁	小平,您好!	165
郑 敏	金黄的稻束	168
舒 婷	致橡树	170
	祖国啊,我亲爱的祖国	172
韩 瀚	重量	174
张学梦	幸福指数	175
洪三泰	中国高第街	177
饶庆年	山雀子噪醒的江南	180
章德益	开拓者谈地平线	183
郭光豹	流行色	185

4

傅天琳　我的孩子　188
任洪渊　野百合——给F·F　192
林　子　给他(组诗选三)　194

四

昌　耀　划呀,划呀,父亲们!——献给新时期的船夫　199
叶文福　祖国啊,我要燃烧　205
叶延滨　干妈(节选)　207
海　子　面朝大海,春暖花开　209
　　　　日记　210
　　　　祖国(或以梦为马)　211
伊　蕾　黄果树大瀑布　214
周所同　念黄河　216
陈晓光　在希望的田野上　219
柯　平　去野餐的自行车队　221
韩作荣　四月,冰凌花开了　224
翟永明　独白　226
李　钢　蓝水兵　228
胡的清　美声唱法　231
王家新　帕斯捷尔纳克　233
张　枣　镜中　236
骆一禾　麦地——致乡土中国　237
史铁生　遗物　239
沙　白　水乡行　242
林　莽　我们还有许多事情没有完成　244

李　琦　这就是时光　　246

曹宇翔　祖国之秋　　248

商　震　故乡　　250

江一郎　老了　　252

　　　　午夜的乡村公路　　254

刘立云　听某老将军说八年抗战　　255

汪国真　热爱生命　　257

大　解　百年之后——致妻　　258

田　禾　喊故乡　　260

五

吕德安　父亲和我　　265

黄永玉　我认识的少女已经死了　　267

孙静轩　海鸥　　269

马丽华　等待日出　　270

梅绍静　陕北腰鼓　　272

胡宏伟　长江之歌　　274

汤养宗　平安夜　　276

黄灿然　献给妻子　　277

陈　超　秋日郊外散步　　279

臧　棣　赞美　　281

沈　苇　雪后　　283

　　　　欢迎　　284

小　海　想念亲人　　286

李　南　瓦蓝瓦蓝的天空　　288

叶　舟　古战场　289

车延高　提心吊胆地爱你　291

张万舒　日出　292

黑大春　秋日咏叹　294

树　才　雅歌　296

北　野　一群麻雀翻过高速公路　298

杨如雪　我走在路上　299

冉仲景　芭茅满山满岭　301

路　也　木梳　303

荣　荣　爱情　305

六

吉狄马加　自画像　309
　　　　　我爱她们……——写给我的姐姐和姑姑们　311

西　川　广场上的落日　313
　　　　　在哈尔盖仰望星空　315
　　　　　杜甫　316

于　坚　南高原　318

韩　东　温柔的部分　320

张子选　大学毕业那年我去西部走了走　321
　　　　　西北偏西　322

雷平阳　亲人　324

李少君　神降临的小站　325
　　　　　我是有大海的人　326

张执浩　糖纸　328

　　　　　高原上的野花　　329

侯　马　麻雀。尊严和自由　　331

古　马　青海的草　　333

黄　梵　中年　　334

李晓梅　苦楝　　335

李轻松　爱上打铁这门手艺　　337

　　　　　亲爱的,有话跟铁说吧　　339

张　维　深夜看海　　341

杜　涯　落日　　343

陈先发　前世　　345

李元胜　我想和你虚度时光　　347

　　　　　走得太快的人　　348

黄　斌　中年识见　　350

戈　麦　四月的雪　　351

黄礼孩　窗下　　353

金铃子　望星空　　354

横行胭脂　过风岭观落日　　355

唐　力　缓慢地爱　　357

灯　灯　给你　　359

七

远　洋　向开拓者致敬　　363

江　凡　小道与大道——献给改革开放四十周年　　365

金占明　大变迁——纪念中国改革开放四十周年　　369

阿　信　那些年,在桑多河边　　374

蓝　野　母亲　376
大　卫　某一个早晨突然想起了母亲　377
谷　禾　父亲回到我们中间　380
娜　夜　生活　382
　　　　纸人　383
卢卫平　在水果街碰见一群苹果　385
刘　春　我写下的都是卑微的事物　387
江　非　傍晚的三种事物　389
　　　　故乡曲　390
宁　明　起飞中国　392
邵　悦　港珠澳大桥　396
刘笑伟　朱日和：钢铁集结　399
芦苇岸　强音　402
黄成松　大数据笔记　404
龙小龙　中国制造的高纯晶硅　406
李　点　在异乡　408
第广龙　祖国的高处　409
林　莉　小镇时光　411
舒丹丹　冬日　412
许　敏　亲亲祖国　414
李满强　海南书　416
陈　勇　大道阳关　420
苏雨景　春天，就是一场生命的接力　424

一

郭沫若(1892—1978)

原名郭开贞,四川乐山人

立在地球边上放号

无数的白云正在空中怒涌,
啊啊!好幅壮丽的北冰洋的情景哟!
无限的太平洋提起他全身的力量来要把地球推倒。
啊啊!我眼前来了的滚滚的洪涛哟!
啊啊!不断的毁坏,不断的创造,不断的努力哟!
啊啊!力哟!力哟!
力的绘画,力的舞蹈,力的音乐,力的诗歌,力的Rhythm哟!

1919年9、10月间作

天　狗

我是一条天狗呀！
我把月来吞了，
我把日来吞了，
我把一切的星球来吞了，
我把全宇宙来吞了。
我便是我了！

我是月底光，
我是日底光，
我是一切星球底光，
我是 X 光线底光，
我是全宇宙底 Energy 底总量！

我飞奔，
我狂叫，
我燃烧。
我如烈火一样地燃烧！

我如大海一样地狂叫！
我如电气一样地飞跑！
我飞跑，
我飞跑，
我飞跑，
我剥我的皮，
我食我的肉，
我嚼我的血，
我啮我的心肝，
我在我神经上飞跑，
我在我脊髓上飞跑，
我在我脑筋上飞跑。

我便是我呀！
我的我要爆了！

1920年2月初作

炉中煤

——眷念祖国的情绪

啊,我年青的女郎!
我不辜负你的殷勤,
你也不要辜负了我的思量。
我为我心爱的人儿
燃到了这般模样!

啊,我年青的女郎!
你该知道了我的前身?
你该不嫌我黑奴卤莽?
要我这黑奴的胸中,
才有火一样的心肠。

啊,我年青的女郎!
我想我的前身
原本是有用的栋梁,
我活埋在地底多年,
到今朝才得重见天光。

啊,我年青的女郎!
我自从重见天光,
我常常思念我的故乡,
我为我心爱的人儿
燃到了这般模样!

闻一多（1899—1946）

原名闻家骅,湖北浠水人

一句话

有一句话说出就是祸,
有一句话能点得着火,
别看五千年没有说破,
你猜得透火山的缄默?
说不定是突然着了魔,
突然青天里一个霹雳
　　爆一声:
　　"咱们的中国!"

这话叫我今天怎样说?
你不信铁树开花也可,
那么有一句话你听着:
等火山忍不住了缄默;
不要发抖,伸舌头,顿脚,
等到青天里一个霹雳

爆一声：

"咱们的中国！"

艾青(1910—1996)

原名蒋海澄,浙江金华人

我爱这土地

假如我是一只鸟,
我也应该用嘶哑的喉咙歌唱:
这被暴风雨所打击着的土地,
这永远汹涌着我们的悲愤的河流,
这无止息地吹刮着的激怒的风,
和那来自林间的无比温柔的黎明……
——然后我死了
连羽毛也腐烂在土地里面。

为什么我的眼里常含泪水?
因为我对这土地爱得深沉……

1938年11月17日

余光中(1928—2017)

福建永春人,著名诗人

乡　愁

小时候
乡愁是一枚小小的邮票
我在这头
母亲在那头

长大后
乡愁是一张窄窄的船票
我在这头
新娘在那头

后来啊
乡愁是一方矮矮的坟墓
我在外头
母亲在里头

而现在
乡愁是一湾浅浅的海峡
我在这头
大陆在那头

1961年1月21日

胡适(1891—1962)
安徽绩溪人

希 望

我从山中来，
带着兰花草，
种在小园中，
希望开花好。

一日望三回，
望到花时过；
急坏看花人，
苞也无一个。

眼见秋天到，
移花供在家；
明年春风回，
祝汝满盆花！

1921年

戴望舒(1905—1950)

浙江杭县(今杭州余杭区)人

我用残损的手掌

我用残损的手掌
摸索这广大的土地:
这一角已变成灰烬,
那一角只是血和泥;
这一片湖该是我的家乡,
(春天,堤上繁花如锦障,
嫩柳枝折断有奇异的芬芳)
我触到荇藻和水的微凉;
这长白山的雪峰冷到彻骨,
这黄河的水夹泥沙在指间滑出;
江南的水田,你当年新生的禾草
是那么细,那么软……现在只有蓬蒿;
岭南的荔枝花寂寞地憔悴,
尽那边,我蘸着南海没有渔船的苦水……
无形的手掌掠过无限的江山,

手指沾了血和灰,手掌黏了阴暗,
只有那辽远的一角依然完整,
温暖,明朗,坚固而蓬勃生春。
在那上面,我用残损的手掌轻抚,
像恋人的柔发,婴孩手中乳。
我把全部的力量运在手掌
贴在上面,寄与爱和一切希望,
因为只有那里是太阳,是春,
将驱逐阴暗,带来苏生,
因为只有那里我们不像牲口一样活,
蝼蚁一样死……
那里,永恒的中国!

       1942年7月3日

雨　巷

撑着油纸伞,独自
彷徨在悠长,悠长
又寂寥的雨巷,
我希望逢着
一个丁香一样地
结着愁怨的姑娘。

她是有
丁香一样的颜色,
丁香一样的芬芳,
丁香一样的忧愁,
在雨中哀怨,
哀怨又彷徨;

她彷徨在这寂寥的雨巷,
撑着油纸伞
像我一样,
像我一样地

默默彳亍着,
冷漠,凄清,又惆怅。

她静默地走近
走近,又投出
太息一般的眼光,
她飘过
像梦一般地
像梦一般地凄婉迷茫,

像梦中飘过
一枝丁香地,
我身旁飘过这女郎;
她静默地远了,远了,
到了颓圮的篱墙,
走尽这雨巷。

在雨的哀曲里,
消了她的颜色,
散了她的芬芳,
消散了,甚至她的
太息般的眼光,
丁香般的惆怅。

撑着油纸伞,独自
彷徨在悠长,悠长
又寂寥的雨巷,
我希望飘过
一个丁香一样地
结着愁怨的姑娘。

刘半农（1891—1934）

江苏江阴人

教我如何不想她

天上飘着些微云，
地上吹着些微风。
啊！
微风吹动了我的头发，
教我如何不想她？

月光恋爱着海洋，
海洋恋爱着月光。
啊！
这般蜜也似的银夜。
教我如何不想她？

水面落花慢慢流，
水底鱼儿慢慢游。
啊！

燕子你说些什么话?
教我如何不想她?

枯树在冷风里摇,
野火在暮色中烧。
啊!
西天还有些儿残霞,
教我如何不想她?

1920年9月4日,伦敦

徐志摩(1897—1931)

原名章垿,浙江海宁人

再别康桥

轻轻的我走了,
　正如我轻轻的来;
我轻轻的招手,
　作别西天的云彩。

那河畔的金柳,
　是夕阳中的新娘;
波光里的艳影,
　在我的心头荡漾。

软泥上的青荇,
　油油的在水底招摇;
在康河的柔波里,
　我甘心做一条水草!

那榆荫下的一潭,
　　不是清泉,是天上虹,
揉碎在浮藻间,
　　沉淀着彩虹似的梦。

寻梦?撑一支长篙,
　　向青草更青处漫溯,
满载一船星辉,
　　在星辉斑斓里放歌。

但我不能放歌,
　　悄悄是别离的笙箫;
夏虫也为我沉默,
　　沉默是今晚的康桥!

悄悄的我走了,
　　正如我悄悄的来;
我挥一挥衣袖,
　　不带走一片云彩。

11月6日中国海上

殷夫（1910—1931）

原名徐白，浙江象山人

别了，哥哥

（算作是向一个Class的告别词吧！）

别了，我最亲爱的哥哥，
你的来函促成了我的决心，
恨的是不能握一握最后的手，
再独立地向前途踏进。

二十年来手足的爱和怜，
二十年来的保护和抚养，
请在这最后的一滴泪水里，
收回吧，作为恶梦一场。

你诚意的教导使我感激，
你牺牲的培植使我钦佩，
但这不能留住我不向你告别，
我不能不向别方转变。

在你的一方,哟,哥哥,
有的是,安逸,功业和名号,
是治者们荣赏的爵禄,
或是薄纸糊成的高帽。

只要我,答应一声说,
"我进去听指示的圈套",
我很容易能够获得一切,
从名号直至纸帽。

但你的弟弟现在饥渴,
饥渴着的是永久的真理,
不要荣誉,不要功建,
只望向真理的王国进礼。

因此机械的悲鸣扰了他的美梦,
因此劳苦群众的呼号震动心灵,
因此他尽日尽夜地忧愁,
想做个 Prometheus 偷给人间以光明。

真理和愤怒使他强硬,
他再不怕天帝的咆哮,
他要牺牲去他的生命,
更不要那纸糊的高帽。

这,就是你弟弟的前途,
这前途满站着危崖荆棘,
又有的是黑的死,和白的分,
又有的是砭人肌筋的冰雹风雪。

但他决心要踏上前去,
真理的伟光在地平线下闪照,
死的恐怖都辟易远退,
热的心火会把冰雪溶消。

别了,哥哥,别了,
此后各走前途,
再见的机会是在,
当我们和你隶属着的阶级交了战火。

1929年4月12日

冰心（1900—1999）

原名谢婉莹，福建长乐人

纸 船
——寄母亲

我从不肯妄弃了一张纸，
　　总是留着——留着，
叠成一只一只很小的船儿，
从舟上抛下在海里。

有的被天风吹卷到舟中的窗里，
　　有的被海浪打湿，沾在船头上。
我仍是不灰心的每天的叠着，
　　总希望有一只能流到我要它到的地方去。
母亲，倘若你梦中看见一只很小的白船儿，
　　不要惊讶它无端入梦。
这是你至爱的女儿含着泪叠的，
　　万水千山，求它载着她的爱和悲哀归去。

1923年8月27日

朱自清（1898—1948）

原名自华，原籍浙江绍兴，生于江苏东海县

光　明

　　风雨沉沉的夜里，
前面一片荒郊。
走尽荒郊，
便是人们的道。
　　呀！黑暗里歧路万千，
叫我怎样走好？
"上帝！快给我些光明罢，
让我好向前跑！"
　　上帝慌着说，"光明？
我没处给你找！
你要光明，
你自己去造！"

1919年11月22日

林徽因(1904—1955)

  福建闽县(今福州)人

你是人间的四月天
——一句爱的赞颂

我说你是人间的四月天；
笑响点亮了四面风；轻灵
在春的光艳中交舞着变。

你是四月早天里的云烟，
黄昏吹着风的软，星子在
无意中闪，细雨点洒在花前。

那轻，那娉婷，你是，鲜妍
百花的冠冕你戴着，你是
天真，庄严，你是夜夜的月圆。

雪化后那片鹅黄，你像；新鲜
初放芽的绿，你是；柔嫩喜悦
水光浮动着你梦期待中白莲。

你是一树一树的花开,是燕
在梁间呢喃,——你是爱,是暖,
是希望,你是人间的四月天!

朱湘(1904—1933)

字子沅,原籍安徽太湖,生于湖南沅陵

采莲曲

小船啊轻飘,
杨柳呀风里颠摇;
荷叶呀翠盖,
荷花呀人样娇娆。
　　日落,
　　　微波,
金线闪动过小河,
　　左行,
　　　右撑,
莲舟上扬起歌声。

菡萏呀半开,
蜂蝶呀不许轻来;
绿水呀相伴,
清净呀不染尘埃。

溪间，
　　　　采莲，
水珠滑走过荷钱。
　　　　拍紧，
　　　　　　拍轻，
桨声应答着歌声。

藕心呀丝长，
羞涩呀水底深藏；
不见呀蚕茧，
丝多呀蛹裹中央？
　　　　溪头，
　　　　　　采藕，
女郎要采又夷犹。
　　　　波沉，
　　　　　　波升，
波上抑扬着歌声。

莲蓬呀子多，
两岸呀榴树婆娑；
喜鹊呀喧噪，
榴花呀落上新罗。
　　　　溪中，
　　　　　　采莲，

耳鬓边晕着微红。
　　　风定，
　　　风生，
风飔荡漾着歌声。

升了呀月钩，
明了呀织女牵牛；
薄雾呀拂水，
凉风呀飘去莲舟。
　　　花芳，
　　　衣香，
消溶入一片苍茫；
　　　时静，
　　　时闻，
虚空里袅着歌音。

　　　　　　　　1925 年 10 月 24 日

叶挺(1896—1946)

原名叶为询,广东惠州客家人

囚　歌

为人进出的门紧锁着,
为狗爬出的洞敞开着,
一个声音高叫着:
——爬出来吧,给你自由!

我渴望自由,
但我深深知道——
人的躯体怎能从狗的洞子爬出!

我期待着,那一天,
地下的烈火冲腾,
把这活棺材和我一齐烧掉,
我应该在烈火与热血中
得到永生!

1942年11月21日

田间（1916—1985）

原名童天鉴，安徽无为人

假使我们不去打仗

假使我们不去打仗
敌人用刺刀
杀死了我们，
还要用手指着我们骨头说：
"看，
　　这是奴隶！"

1938年作

冯至（1905—1993）
原名冯承植，直隶涿州人

我是一条小河

我是一条小河，
我无心由你的身边绕过——
你无心把你彩霞般的影儿
投入了我软软的柔波。

我流过一座森林，
柔波便荡荡地
把那些碧绿的叶影儿
裁剪成你的裙裳。

我流过一座花丛——
柔波便粼粼地
把那些凄艳的花影儿
编织成你的花冠。

无奈呀,我终于流入了,
流入那无情的大海——
海上的风又厉,浪又狂,
吹折了花冠,击碎了裙裳!

我也随着海潮漂漾,
漂漾到无边的地方——
你那彩霞般的影儿,
也和幻散了的彩霞一样!

作于1925年

徐訏（1908—1980）
浙江慈溪人

秋郊遥望

淅沥黄昏的秋雨，
晚来在枝头点滴；
一夜的萧瑟，
换取了五更的沉寂。
云层里的阳光尚杳，
原野里的露水似霜似雪；
滔滔的江水长歌古今，
远行的游帆忽隐忽灭。
此地多少的征人远去，
无数的寒衾无人惋惜；
以散的家室在梦里团聚，
团聚的人儿在埠头离别。
怅立的山峰深锁忧郁，
晨醒的宿鸟似诉似泣，

两岸的枫叶摇摇欲坠,

零落的残星待人采撷。

1947年11月5日,上海

光未然（1913—2002）

原名张光年,湖北光化人

黄河颂

啊,朋友!
黄河以它英雄的气魄,
出现在亚洲的原野;
它表现出我们民族的精神:
伟大而又坚强!
这里,我们向着黄河,
唱出我们的赞歌。

我站在高山之巅,
望黄河滚滚,
奔向东南。
惊涛澎湃,
掀起万丈狂澜;
浊流宛转,
结成九曲连环;

从昆仑山下
奔向黄海之边,
把中原大地
劈成南北两面。
啊!黄河!
你是中华民族的摇篮!
五千年的古国文化,
从你这儿发源;
多少英雄的故事,
在你的身边扮演!
啊!黄河!
你伟大坚强,
像一个巨人
出现在亚洲平原之上,
用你那英雄的体魄,
筑成我们民族的屏障。
啊!黄河!
你一泻万丈,
浩浩荡荡,
向南北两岸
伸出千万条铁的臂膀。
我们民族的伟大精神,
将要在你的哺育下
发扬滋长!

我们祖国的英雄儿女,
将要学习你的榜样,
像你一样的伟大坚强!
像你一样的伟大坚强!

       1939年3月写于延安

陈辉（1920—1945）

湖南常德人

姑　娘

三月的风，
吹着杏花。
杏花，
一瓣瓣地，
一瓣瓣地，
在飘，
在飘呀。

姑娘，
坐在井边，
转动了辘轳，
用眼睛，
向哥哥说话……

——哥哥，

哪儿去呀?

哥哥,
笑了一笑,
背着土枪,
跑向响炮的地方去了。

杏花,
飘在姑娘的脸上。
姑娘,
鼓着小嘴巴,
在想:
这一声,
该是哥哥放的吧?

胡风（1902—1985）

原名张光人，湖北蕲春人

为祖国而歌

在黑暗里 在重压下 在侮辱中
苦痛着 呻吟着 挣扎着
是我底祖国
是我底受难的祖国！

在祖国
忍受着面色底痉挛
和呼吸底喘促
以及茫茫的亚细亚的黑夜。
如暴风雨下的树群
我们成长了

为了明天
为了抖去苦痛和侮辱底重载
　　朝阳似地

绿草似地
　　　生活含笑,
祖国呵
你底儿女们
　　歌唱在你底大地上面
　　战斗在你底大地上面
　　喋血在你底大地上面

在卢沟桥
在南口
在黄浦江上
在敌人底铁蹄所到的一切地方,
迎着枪声 炮声 炸弹声底呼啸——
祖国呵
为了你
为了你底勇敢的儿女们
为了明天
我要尽情地歌唱:
用我底感激
　　我底悲愤
　　我底热泪
　　我底也许迸溅在你底土壤上的活血!

人说:无用的笔呵

把它扔掉好啦。

然而,祖国呵

就是当我拿着一把刀

　　或者一枝枪

在丛山茂林中出没的时候罢

依然要尽情地歌唱

依然要倾听兄弟们底赤诚的歌唱——

迎着铁底风暴

　　火底风暴

　　血底风暴

歌唱出郁积在心头上的仇火

歌唱出郁积在心头上的真爱

也歌唱掉盘结在你古老的灵魂里的一切死渣和污秽,

为了抖掉苦痛和侮辱底重载

为了胜利

为了自由而幸福的明天

为了你呵,生我的　养我的　教给我什么是爱　什么是恨的　使我在爱里恨里苦痛的辗转于苦痛里但依然能够给我希望给我力量的

我底受难的祖国!

　　　　　　　8月24日望见敌机在南市轰炸的时候

贺敬之(1924—)
　　山东峄县人

桂林山水歌

云中的神呵,雾中的仙,
神姿仙态桂林的山!

情一样深呵,梦一样美,
如情似梦漓江的水!

水几重呵,山几重?
水绕山环桂林城……

是山城呵,是水城?
都在青山绿水中……

呵!此山此水入胸怀,
此时此身何处来?

……黄河的浪涛塞外的风。
此来关山千万重。

马鞍上梦见沙盘上画：
"桂林山水甲天下"……

呵！是梦境呵，是仙境？
此时身在独秀峰！

心是醉呵，还是醒？
水迎山接入画屏！

画中画——漓江照我身千影，
歌中歌——山山应我响回声……

招手相问老人山，
云罩江山几万年？

——伏波山下还珠洞，
宝珠久等叩门声……

鸡笼山一唱屏风开，
绿水白帆红旗来！

大地的愁容春雨洗，
请看穿山明镜里——

呵！桂林的山来漓江的水——
祖国的笑容这样美！

桂林山水入胸襟，
此景此情战士的心——

是诗情呵，是爱情，
都在漓江春水中！

三花酒搀一分漓江火，
祖国呵，对你的爱情百年醉……

江山多娇人多情，
使我白发永不生！

对此江山人自豪，
使我青春永不老！

七星岩去赴神仙会，
招呼刘三姐呵打从天上回……

人间天上大路开,
要唱新歌随我来!

三姐的山歌十万八千箩,
战士呵,指点江山唱祖国……

红旗万梭织锦绣,
海北天南一望收!

塞外的风沙呵黄河的浪,
春光万里到故乡。

红旗下:少年英雄遍地生——
望不尽:千姿万态"独秀峰"!

——意满怀呵,情满胸,
恰似漓江春水浓!

呵! 汗雨挥洒彩笔画——
桂林山水——满天下! ……

1959年7月,初稿
1961年8月,整理于北戴河

郭小川（1919—1976）

原名郭恩大,河北省丰宁人

团泊洼的秋天

秋风像一把柔韧的梳子,梳理着静静的团泊洼;
秋光如同发亮的汗珠,飘飘扬扬地在平滩上挥洒。

高粱好似一队队的"红领巾",悄悄地把周围的道路观察;
向日葵摇头微笑着,望不尽太阳起处的红色天涯。

矮小而年高的垂柳,用苍绿的叶子抚摸着快熟的庄稼;
密集的芦苇,细心地护卫着脚下偷偷开放的野花。

蝉声消退了,多嘴的麻雀已不在房顶上吱喳;
蛙声停息了,野性的独流减河也不再喧哗。

大雁即将南去,水上默默浮动着白净的野鸭;
秋凉刚刚在这里落脚,暑热还藏在好客的人家。

秋天的团泊洼啊，好像在香矩的梦中睡傻；
团泊洼的秋天啊，犹如少女一般羞羞答答。

团泊洼，团泊洼，你真是这样静静的吗？
全世界都在喧腾，哪里没有雷霆怒吼，风云变化！

是的，团泊洼的呼喊之声，也和别处一样洪大；
听听人们的胸口吧，其中也和闹市一样嘈杂。

这里没有第三次世界大战，但人人都在枪炮齐发；
谁的心灵深处——没有奔腾咆哮的千军万马！

这里没有刀光剑影的火阵，但日夜都在攻打厮杀；
谁的大小动脉里——没有炽热的鲜血流响哗哗！

这里的《共产党宣言》，并没有掩盖在尘埃之下；
毛主席的伟大号召，在这里照样有最真挚的回答。

无产阶级专政的理论，在战士的心头放射光华；
反对修正主义的浪潮，正惊退了贼头贼脑的鱼虾。

解放军兵营门口的跑道上，随时都有马蹄踏踏；
五·七干校的校舍里，荧光屏上不时出现《创业》和《海霞》。

在明朗的阳光下,随时都有对修正主义的口诛笔伐;
在一排排红房之间,常常听见同志式温存的夜话。

……至于战士的深情,你小小的团泊洼怎能包容得下!
不能用声音,只能用没有声音的"声音"加以表达:

战士自有战士的性格:不怕污蔑,不怕恫吓;
一切无情的打击,只会使人腰杆挺直,青春焕发。

战士自有战士的抱负:永远改造,从零出发;
一切可耻的衰退,只能使人视若仇敌,踏成泥沙。

战士自有战士的胆识:不信流言,不受欺诈;
一切无稽的罪名,只会使人神志清醒,头脑发达。

战士自有战士的爱情:忠贞不渝,纯美如画;
一切额外的贪欲,只能使人感到厌烦,感到肉麻。

战士的歌声,可以休止一时,却永远不会沙哑;
战士的明眼,可以关闭一时,却永远不会昏瞎。

请听听吧,这就是战士一句句从心中掏出的话。
团泊洼,团泊洼,你真是那样静静的吗?

是的,团泊洼是静静的,但那里时刻都会轰轰爆炸!
不,团泊洼是喧腾的,这首诗篇里就充满着嘈杂。

不管怎样,且把这矛盾重重的诗篇埋在坝下,
它也许不合你秋天的季节,但到明春准会生根发芽。……

1975年9月于团泊洼干校初稿的初稿,还需要做多次多次的修改,属于《参考消息》一类,万勿外传。——作者原注

二

何其芳(1912—1977)

重庆万县人

预 言

这一个心跳的日子终于来临!
你夜的叹息似的渐近的足音,
我听得清不是林叶和夜风的私语,
麋鹿驰过苔径的细碎的蹄声!
告诉我,用你银铃的歌声告诉我,
你是不是预言中的年轻的神?

你一定来自那温郁的南方,
告诉我那儿的月色,那儿的日光,
告诉我春风是怎样吹开百花,
燕子是怎样痴恋着绿杨。
我将合眼睡在你如梦的歌声里,
那温馨我似乎记得又似乎遗忘。

请停下,停下你长途的奔波,

进来,这儿有虎皮的褥你坐!
让我烧起每一个秋天拾来的落叶,
听我低低唱起我自己的歌。
那歌声像火光样沉郁又高扬,
火光一样将落叶的一生诉说。

不要前行!前面是无边的森林,
古老的树现着野兽身上的斑纹,
半生半死的藤蟒蛇样交缠着,
密叶里漏不下一颗星,
你将怯怯地不敢放下第二步,
当你听见了第一步空寥的回声。

一定要走吗,等我和你同行!
我的脚知道每一条平安的路径,
我可以不停地唱着忘倦的歌,
再给你,再给你手的温存!
当夜的浓黑遮断了我们,
你可不转眼地望着我的眼睛。

我激动的歌声你竟不听,
你的脚竟不为我的颤抖暂停!
像静穆的微风飘过这黄昏里,
消失了,消失了你骄傲的足音!

呵，你终于如预言所说的无语而来，
无语而去了吗，年轻的神？

1931年秋

公刘（1927—2003）

原名刘仁勇,又名刘耿直,江西南昌人

上海夜歌(二)

上海的夜是奇幻的；
淡红色的天,淡红色的云,
多少个窗子啊多少盏灯,
甜蜜,朦胧,宛如爱人欲睡的眼睛。

我站在高耸的楼台上,
细数着地上的繁星,
我本想从繁星中寻找牧歌,
得到的却是钢铁的轰鸣。

轮船,火车,工厂,全都在对我叫喊：
抛开你的牧歌吧,诗人！
在这里,你应该学会蘸着煤烟写诗,
用汽笛和你的都市谈心……

臧克家(1905—2004)

山东诸城人

有的人
——纪念鲁迅有感

有的人活着
他已经死了；
有的人死了
他还活着。

有的人
骑在人民头上:"呵,我多伟大!"
有的人
俯下身子给人民当牛马。

有的人
把名字刻入石头想"不朽";
有的人
情愿作野草,等着地下的火烧。

有的人
他活着别人就不能活；
有的人
他活着为了多数人更好地活。

骑在人民头上的，
人民把他摔垮；
给人民作牛马的，
人民永远记住他！

把名字刻入石头的，
名字比尸首烂得更早；
只要春风吹到的地方，
到处是青青的野草。

他活着别人就不能活的人，
他的下场可以看到；
他活着为了多数人更好地活着的人，
群众把他抬举得很高，很高。

1949年10月下旬于北京

梁南(1925—2000)

四川峨嵋人

我追随在祖国之后

我的足音,是我和道路终生不渝的契约,
是我亲吻大地得到的响应。
我渴求污垢不要沾染母亲的花裙,
难道是我过分?不!是人子爱她之深。
我愿做她驱使的舟楫和箭,水火相随;
我愿如驼队,昂首固执地穿越戈壁,
背负她沉重的美好,以罗盘做我的心。

渴望她优美的形象映红世界民族之林,
我探索风向标的误差,知足者的衰微;
探索人们对真理的怀念,对美学的虔诚;
思忖粉饰的反作用,偶像的破坏性能;
考核安乐椅的磨损力,先民们的艰辛;
查证狂欢时的失误,严谨时的繁盛;
研究实事求是的哲学,刚直不阿的本分……

我探索,拥抱阳光,栉风沐雨,
曾鲁莽,造次,也曾执着,认真;
时而在严肃中思考,时而在意料外欢欣;
我以惭愧去接受不幸,我走向沼泽,
深入茫无涯际的古林,蚊蚋如雾的处女地;
历经了种种炼火,我仍是母亲衣领上
一根纬线,时刻闻着她芬芳的呼吸。

我是滚滚波涛中微不足道的一滴水,
我是银河系中最渺小的一颗星,
我是横越荒寒的天鹅翅上的一片毛羽,
我是组成驼铃曲中的短促一声……
昨天已经死去,明天即将诞生。
探索的岂止是我,是一支欢快的队伍,
一个自强的民族,我是走在最后一人。

我不属于我,我属于历史,属于明天,
属于祖国——花冠的头顶,风的脚步,太阳的心。
从黎明玫瑰色的云朵穿过,向远方,
如风吹,如泉流,如金鼓,如急钲,
一声呼,一声唤,一声笑,一声吟,
款款叩击着出生我的广袤大地,

这行进之音,恳切而深深,
像探索一样无尽……紧紧把祖国追随。

阮章竞(1914—2000)

曾用名洪荒,广东香山人

漳河水(节选)

漳河小曲

漳河水,九十九道湾,
层层树,重重山,
层层绿树重重雾,
重重高山云断路。

清晨天,云霞红红艳,
艳艳红天掉在河里面,
漳水染成桃花片,
唱一道小曲过漳河沿。

李季(1922—1980)

原名李振鹏,河南唐河县人

王贵与李香香(节选)

四 掏苦菜

山丹丹开花红姣姣,
香香人材长得好。

一对大眼水汪汪,
就像那露水珠在草上淌。

二道糜子碾三遍,
香香自小就爱庄稼汉。

地头上沙柳绿蓁蓁,
王贵是个好后生。

身高五尺浑身都是劲,
庄稼地里顶两人。

玉米开花半中腰,
王贵早把香香看中了。

小曲好唱口难开,
樱桃好吃树难栽;

交好的心思两人都有,
谁也害臊难开口。

王贵赶羊上山来,
香香在洼里掏苦菜。

赶着羊群打口哨,
一句曲儿出口了:

"受苦一天不瞌睡,
合不着眼睛我想妹妹。"

停下脚步定一定神,
洼洼里声小像弹琴:

"山丹丹花来背洼洼开,
有那些心思慢慢来。"

"大路畔上的灵芝草,
谁也没有妹妹好!"

"马里头挑马四银蹄,
人里头挑人就数哥哥你!"

"樱桃小口糯米牙,
巧口口说些哄人话。

"交上个有钱的花钱常不断,
为啥要跟我这个揽工的受可怜?"

"烟锅锅点灯半炕炕明,
酒盅盅量米不嫌哥哥穷。

"妹妹生来就爱庄稼汉,
实心实意赛过银钱。"

"红瓢子西瓜绿皮包,
妹妹的话儿我忘不了。

"肚里的话儿乱如麻,
定下个时候,说说知心话。"

"天黑夜静人睡下,
妹妹房里把话拉。

"满天的星星没有月亮,
小心踏在狗身上!"

青勃（1921—1992）

原名赵青勃,河北隆尧人

苦难的中国有明天

　　冻结的日子
　　　有火

　　月黑夜
　　　有灯

　　沙原上
　　　有骆驼

　　土地下面
　　　有种子

　　堤岸里头
　　　有激流

鞭子底下
　有咆哮

被污辱的
　有仇恨

穷苦的人
　有骨头

哭泣的天空
　有响雷

打抖的冬天
　有春梦

血汗灌溉的地方
　有不凋的花

苦难的中国
　有明天

1946年冬

严阵(1930—)

原名阎桂青,山东莱阳人

钟声又响起来了……

钟声又响起来了,太阳又升上来了,
习以为常的笑声和歌声又闹起来了,
在所有人们的心目中,
这是多么平常的一天!

我们生活中这最最平常的一天呵,
就是战死的同志曾经向往的未来,
记住吧,记住这句话,
你就会懂得如何将它珍爱。

绿原（1922—2009）

原名刘仁甫，曾用译名刘半九，湖北黄陂人

中国的风筝

从蚂蚁的地平线飞起
从花蝴蝶的菜园飞起
从麻雀的胡同飞起
从雨燕的田野飞起
从长翅膀的奔马扬起一蓬火光的草原飞起

带着幼儿园拍手的欢呼飞起
带着小学校升旗的歌曲飞起
带着提菜篮子的主妇的微笑飞起
带着想当发明家的残疾少年的誓愿飞起
带着一亿辆自行车逆风骑行的加速度飞起

飞过了戴着绿色冠冕的乔木群
飞过了传递最新信息的高压线
飞过了刚住进人去的第二十层高楼

飞过了几乎污染了云彩的煤烟

飞过了十次起飞有九次飞不起来的梦魇

望得见长城像一道堤埂

望得见黄河像一条蚯蚓

望得见阡陌纵横像一块棋盘

望得见田亩里麦垛像一枚枚小兵

望得见仰天望我的儿童们的亮眼像星星

说不定被一阵劲风刮到北海去

说不定被一行鸿雁邀到南洋去

说不定被一架喷气式引到外国港口去

说不定被一只飞碟拐到黑洞里去

说不定被一次迷惘送到想去又不敢去的地方去

飞吧飞吧更高一些飞吧任凭

万有引力从四面八方拉来扯去

只因有一根看不见也剪不断的脐带

把你和母体大地紧紧相连才使你像

一块神秘的锦绣永远嵌在儿时的天幕

1990年代

雁翼（1927—2009）

原名颜洪林，河北馆陶人

登峰了望

我登上有名的鹧鸪山峰了望，
见一峰一峰的伸去，没有一个边界，
也许，它直伸到那茫茫的天际，
山峰起伏，似浪涛滚滚的大海。

我怀着满腹的激情挥手呼喊，
群峰回应着声音，向我滚来，
我张开了双臂，热情的扑去，
企图把茫茫的群峰搂抱在胸怀。

我要向群峰低诉内心的秘密，
祖国将要怎样的把群峰的命运安排，
我低诉了内心的誓语，仰头望去，
我怀抱的只是一朵朵紫红的云彩。

而我的声音却被群峰迅速的传走,
一峰传一峰,直传到遥远的天界,
啊,你传去吧,告诉地上的北京城和天上的太阳,
我赤诚的心,我火热的爱。

罗门(1928—2017)

原名韩仁存,海南文昌人

麦坚利堡

超过伟大的
是人类对伟大已感到茫然

战争坐在此哭谁
它的笑声 曾使七万个灵魂陷落在比睡眠还深的地带

太阳已冷 星月已冷 太平洋的浪被炮火煮开也都冷了
史密斯 威廉斯 烟花节光荣伸不出手来接你们回家
你们的名字运回故乡 比入冬的海水还冷
在死亡的喧噪里 你们的无救 上帝的手呢

血已把伟大的纪念冲洗了出来
战争都哭了 伟大它为什么不笑
七万朵十字花 围成园 排成林 绕成百合的村
在风中不动 在雨里也不动

沉默给马尼拉海湾看 苍白给游客们的照相机看
史密斯 威廉斯 在死亡紊乱的镜面上 我只想知道
那里是你们童幼时眼睛常去玩的地方
哪地方藏有春日的录音带与彩色的幻灯片

麦坚利堡 鸟都不叫了 树叶也怕动
凡是声音都会使这里的静默受击出血
空间与空间绝缘 时间逃离钟表
这里比灰暗的天地线还少说话 永恒无声
美丽的无音房 死者的花园 活人的风景区
神来过 敬仰来过 汽车与都市也都来过
而史密斯 威廉斯 你们是不来也不去了
静止如取下摆心的表面 看不清岁月的脸
在日光的夜里 星灭的晚上
你们的盲睛不分季节地睡着
睡醒了一个死不透的世界
睡熟了麦坚利堡绿得格外忧郁的草场

死神将圣品挤满在嘶喊的大理石上
给升满的星条旗看 给不朽看 给云看
麦坚利堡是浪花已塑成碑林的陆上太平洋
一幅悲天泣地的大浮雕 挂入死亡最黑的背景
七万个故事焚毁于白色不安的颤栗
史密斯 威廉斯 当落日烧红满野芒果林于昏暮

神都将急急离去 星也落尽
你们是哪里也不去了
太平洋阴森的海底是没有门的

注：

1.麦坚利堡（Fort Mckinly）是纪念二战期间七万美军在太平洋地区战亡；美国人在马尼拉城郊，以七万座大理石十字架，分别刻着死者的出生地与名字，非常壮观也非常凄惨地排列在空旷的绿坡上，展览着太平洋悲壮的战况，以及人类悲惨的命运，七万个彩色的故事，是被死亡永远埋住了，这个世界在都市喧噪的射程之外，这里的空灵有着伟大与不安的颤栗，山林的鸟被吓住都不叫了。静得多么可怕，静得连上帝都感到寂寞不敢留下；马尼拉海湾在远处闪目，芒果林与凤凰木连绵遍野，景色美得太过忧伤。天蓝，旗动，令人肃然起敬；天黑，旗静，周围便黯然无声，被死亡的阴影重压着……作者本人最近因公赴菲，曾往游此地，并站在史密斯威廉斯的十字架前拍照。

2.战争是人类生命与文化数千年来所面对的一个含有伟大悲剧性的主题。在战争中，人类往往必须以一只手去握住"伟大"与"神圣"，以另一只手去握住满掌的血，这确是使上帝既无法编导也不忍心去看的一幕悲剧。可是为了自由、真理、正义与生存，人类又往往不能不去勇敢的接受战争。透过人类高度的智慧与深入的良知，我们确实感知到战争已是构成人类生存困境中，较重大的一个困境，因为它处在"血"与"伟大"的对视中，它的副产品是冷漠且恐怖的"死亡"。我在《麦坚利堡》那首诗中，便是表现了这一强烈的悲剧性的感受。

徐玉诺(1894—1958)

又名言信,笔名红蠖,河南鲁山县人

小 诗

湿漉漉的伟大的榕树
罩着的曲曲折折的马路,
我一步一步地走下,
随随便便地听着清脆的鸟声,
嗅着不可名的异味……
这连一点思想也不费,
到一个地方也好,
什么地方都不能到也好,
这就是行路的本身了。

曾卓（1922—2002）

原名曾庆冠，湖北黄陂人

有　赠

我是从感情的沙漠上来的旅客，
我饥渴，劳累，困顿。
我远远地就看到你窗前的光亮，
它在招引我——我的生命的灯。

我轻轻地叩门，如同心跳。
你为我开门。
你默默地凝望着我
（那闪耀着的是泪光吗？）

你为我引路，掌着灯。
我怀着不安的心情走进你洁净的小屋，
我赤着脚，走得很慢，很轻，
但每一步还是留下了灰土和血印。

你让我在舒适的靠椅上坐下，
你微现慌张地为我倒茶，送水。
我眯着眼——因为不能习惯光亮，
也不能习惯你母亲般温存的眼睛。

我的行囊很小，
但我背负着的东西却很重，很重，
你看我的头发斑白了，我的背脊伛偻了，
虽然我还年轻。

一捧水就可以解救我的口渴，
一口酒就使我醉了，
一点温暖就使我全身灼热。
那么，我能有力量承担你如此的好意和温情么？

我全身颤栗，当你的手轻轻地握着我的，
我忍不住啜泣，当你的眼泪滴在我的手背。
你愿这样握着我的手走向人生的长途么？
你敢这样握着我的手穿过蔑视的人群么？

在一瞬间闪过了我的一生，
这神圣的时刻是结束也是开始，
一切过去的已经过去，终于过去了，
你给了我力量、勇气和信心。

你的含泪微笑着的眼睛是一座炼狱，
你的晶莹的泪光焚冶着我的灵魂，
我将在彩云般的烈焰中飞腾，
口中喷出痛苦而又欢乐的歌声……

1961年11月

悬岩边的树

不知道是什么奇异的风
将一棵树吹到了那边——
平原的尽头
临近深谷的悬岩上

它倾听远处森林的喧哗
和深谷中小溪的歌唱
它孤独地站在那里
显得寂寞而又倔强

它的弯曲的身体

留下了风的形状
它似乎即将倾跌进深谷里
却又像是要展翅飞翔……

1970年

管桦(1922—2002)

原名鲍化普,河北丰润人

大　地

草木因为常常忘掉大地的恩情,
让暴雨洗净通身悔恨,
狂风中俯下身去,
像孩子把头倚在妈妈胸膛,
泪水打湿了大地的衣裳。

我看见河水如同发狂的野兽,
摇摆着大风吹起的鬃毛,
撒泼打滚儿地横冲直撞,
要爬上高高的山岗。
而大地却默默无声地
承担着高山的重压,
经受着雨雪风霜。

当落叶被秋风卷走,

暴风雪凶猛地扑下天空，
残杀大自然一切生命。
不朽的大地呀，
你忍受着寒冷，
把万木之根，连同小小的种子，
都抱在你温暖的怀中！

广漠无垠的大地，
你沐浴着太阳怒发的红光，
闪闪耀眼，如同辽阔的海面。
迎风摇曳的芦苇丛是那美丽的岛屿，
天边的浮云是那航船张起的篷帆。
我爱那拍天的谷浪和茫茫稻海，
爱那芬芳的果园和无边的森林。
爱那高耸云霄连绵起伏的峰峦，
和那蓝天下闪动着一层层牛羊的草原。
爱那雄鹰的长鸣和奔马的嘶啸，
爱那云雀的歌唱和黄莺的鸣啭，
却浑然没有想到给予这一切生命的大地！
你把深沉的静默淹没在大自然的轰响里。

大地，绿遍天涯的野草，
显出你的谦卑。
水上亭亭直立的芙蓉

使我看见了你的纯洁,

盛开的野菊花,

闪耀着你生命的微笑。

你的坚忍和沉默,

是在那傲立冰雪的松柏苍绿中。

我还看见踏在你头上的神像,

都是偷窃你大地的尘埃所捏造。

你只是轻轻抖动一下身子,

神像便纷纷倒下,委散在尘埃里了。

但是,我在喧哗的江河

也看见了你的宽容。

万世不朽的大地呀,

你以你的坚忍、谦卑,

纯洁、宽容和尊严,

使你的孩子们伟大。

而这世界上最伟大的人物,

都一刻也不曾离开过你的摇篮!

卞之琳(1910—2000)

江苏南京人,生于江苏海门

断　章

你站在桥上看风景,
看风景人在楼上看你。

明月装饰了你的窗子,
你装饰了别人的梦。

10月

穆木天(1900—1971)

原名穆敬熙,吉林伊通人

落　花

　　我愿透着寂静的朦胧　薄淡的浮纱
　　细听着淅淅的细雨寂寂的在檐上激打
　　遥对着远远吹来的空虚中的嘘叹的声音
　　意识着一片一片的坠下的轻轻的白色的落花

　　落花掩住了藓苔　幽径　石块　沉沙
　　落花吹送来白色的幽梦到寂静的人家
　　落花倚着细雨的纤纤的柔腕虚虚的落下
　　落花印在我们唇上接吻的余香　啊　不要惊醒了她
　　啊　不要惊醒了她　不要惊醒了落花
　　任她孤独的飘荡　飘荡　飘荡　飘荡在
　　我们的心头　眼里　歌唱着　到处是人生的故家
　　啊　到底哪里是人生的故家　啊　寂寂的听着落花

　　妹妹　你愿意罢　我们永久的透着朦胧的浮纱

细细的深尝着白色的落花深深的坠下
你弱弱的倾依着我的胳膊　细细的听歌唱着她
"不要忘了山巅　水涯　到处是你们的故乡　到处你们是落花。"

1925年6月9日

阿垅（1907—1967）

原名陈守梅，又名陈亦门，浙江杭州人

无 题

不要踏着露水——
因为有过人夜哭。……

哦，我底人啊，我记得极清楚，
在白色烛光里为你读过《雅歌》。

但是不要这样为我祷告，不要！
我无罪，我会赤裸着你这身体去见上帝。……

但是不要计算星和星间的空间吧。
不要用光年；用万有引力，用相照的光。

要开作一枝白色花——
因为我要这样宣告，我们无罪，然后我们凋谢。

1944年9月9日 蜗居

鲁黎(1914—1999)

原名许图地,福建同安人

泥　土

老是把自己当作珍珠
就时时有被埋没的痛苦

把自己当作泥土吧
让众人把你踩成一条道路

陈敬蓉（1917—1989）
四川乐山人

力的前奏

歌者蓄满了声音
在一瞬的震颤中凝神

舞者为一个姿势
拼聚了一生的呼吸

天空的云、地上的海洋
在大风暴来到之前
有着可怕的寂静

全人类的热情汇合交融
在痛苦的挣扎里守候
一个共同的黎明

1947年

穆旦（1918—1977）

原名查良铮，浙江海宁人，出生于天津

秋

一

天空呈现着深邃的蔚蓝，
仿佛醉汉已恢复了理性；
大街还一样喧嚣，人来人往，
但被秋凉笼罩着一层肃静。

一整个夏季，树木多么紊乱！
现在却坠入沉思，像在总结
它过去的狂想，激愤，扩张，
于是宣讲哲理，飘一地黄叶。

田野的秩序变得井井有条，
土地把债务都已还清，

谷子进仓了,泥土休憩了,
自然舒了一口气,吹来了爽风。

死亡的阴影还没有降临,
一切安宁,色彩明媚而丰富;
流过的白云在与河水谈心,
它也要稍许享受生的幸福。

二

你肩负着多年的重载,
歇下来吧,在芦苇的水边:
远方是一片灰白的雾霭,
静静掩盖着路程的终点。

处身在太阳建立的大厦,
连你的忧烦也是他的作品,
歇下来吧,傍近他闲谈,
如今他已是和煦的老人。

这大地的生命,缤纷的景色,
曾抒写过他的热情和狂暴,
而今只剩下凄清的虫鸣,
绿色的回忆,草黄的微笑。

这是他远行前柔情的告别,
然后他的语言就纷纷凋谢;
为何你却紧抱着满怀浓荫,
不让它随风飘落,一页又一页?

三

经过了融解冰雪的斗争,
又经过了初生之苦的春旱,
这条河水度过夏雨的惊涛,
终于流入了秋日的安恬;

攀登着一坡又一坡的我,
有如这田野上成熟的谷禾,
从阳光和泥土吸取着营养,
不知冒多少险受多少挫折;

在雷电的天空下,在火焰中,
这滋长的树叶,飞鸟,小虫,
和我一样取得了生的胜利,
从而组成秋天和谐的歌声。

呵,水波的喋喋,树影的舞弄,

和谷禾的香才在我心里扩散，
却见严冬已递来它的战书，
在这恬静的、秋日的港湾。

蔡其矫(1918—2007)

福建晋江人

祈　求

我祈求炎夏有风,冬日少雨;
我祈求花开有红有紫;
我祈求爱情不受讥笑,
跌倒有人扶持;

我祈求同情心——
当人悲伤
至少给予安慰
而不是冷眼竖眉;

我祈求知识有如泉源,
每一天涌流不息,
而不是这也禁止,那也禁止;

我祈求歌声发自各人胸中

没有谁要制造模式
为所有的音调规定高低；

我祈求
总有一天，再没有人
像我作这样的祈求！

1975年

闻捷(1923—1971)

原名赵文节,曾用名巫之禄,江苏丹徒人

苹果树下

苹果树下那个小伙子,
你不要、不要再唱歌;
姑娘沿着水渠走来了,
年轻的心在胸中跳着。
她的心为什么跳啊?
为什么跳得失去节拍?……

春天,姑娘在果园劳作,
歌声轻轻从她耳边飘过,
枝头的花苞还没有开放,
小伙子就盼望它早结果。
奇怪的念头姑娘不懂得,
她说:别用歌声打扰我。

小伙子夏天在果园度过,

一边劳动一边把姑娘盯着,
果子才结得葡萄那么大,
小伙子就唱着赶快去采摘。
满腔的心思姑娘猜不着。
她说:别象影子一样缠着我。

淡红的果子压弯绿枝,
秋天是一个成熟季节,
姑娘整夜整夜地睡不着,
是不是挂念那树好苹果?
这些事小伙子应该明白,
她说:有句话你怎么不说?

……苹果树下那个小伙子,
你不要,不要再唱歌;
姑娘踏着草坪过来了,
她的笑容里藏着什么?……
说出那句真心的话吧!
种下的爱情已该收获。

写于1952—1954年

乌鲁木齐—北京

于右任(1879—1964)

原名伯循,陕西三原人

望大陆

葬我于高山之上兮,望我大陆;
大陆不可见兮,只有痛哭!

葬我于高山之上兮,望我故乡;
故乡不可见兮,永不能忘!

天苍苍,野茫茫,
山之上,国有殇!

作于1962年1月24日

苏金伞（1906—1997）

原名苏鹤田，河南睢县人

埋葬了的爱情

那时我们爱得正苦
常常一同到城外沙丘中漫步
她用手拢起了一个小小坟茔
插上几根枯草，说：
这里埋葬了我们的爱情

第二天我独自来到这里
想把那座小沙堆移回家中
但什么也没有了
秋风在夜间已把它削平

第二年我又去凭吊
沙坡上雨水纵横，像她的泪痕
而沙地里已钻出几粒草芽
远远望去微微泛青

这不是枯草又发了芽
这是我们埋在地下的爱情
　生了根

作者注：

　　几十年前的秋天,姑娘约我到一个小县城的郊外。秋风阵阵。因为当时我出于羞怯没有亲她,一直遗恨至今！只能在暮年的黄昏默默回想多年以前的爱情。

86岁作于1992年5月27日

牛汉（1923—2013）

原名史成汉，生于山西定襄

华南虎

在桂林
小小的动物园里
我见到一只老虎。

我挤在叽叽喳喳的人群中
隔着两道铁栅栏
向笼里的老虎
张望了许久许久，
但一直没有瞧见
老虎斑斓的面孔
和火焰似的眼睛。

笼里的老虎
背对胆怯而绝望的观众，
安详地卧在一个角落，

有人用石块砸它

有人向它厉声呵喝

有人还苦苦劝诱

它都一概不理！

又长又粗的尾巴

悠悠地在拂动，

哦，老虎，笼中的老虎，

你是梦见了苍苍莽莽的山林吗？

是屈辱的心灵在抽搐吗？

还是想用尾巴鞭击那些可怜而又可笑的观众？

你的健壮的腿

直挺挺地向四方伸开，

我看见你的每个趾爪

全都是破碎的，

凝结着浓浓的鲜血，

你的趾爪

是被人捆绑着

活活地铰掉的吗？

还是由于悲愤

你用同样破碎的牙齿

（听说你的牙齿是被钢锯锯掉的）

把它们和着热血咬碎……

我看见铁笼里
灰灰的水泥墙壁上
有一道一道的血淋淋的沟壑
闪电那般耀眼刺目，
像血写的绝命诗！

我终于明白……
羞愧地离开了动物园。
恍惚之中听见一声
石破天惊的咆哮，
有一个不羁的灵魂
掠过我的头顶
腾空而去，
我看见了火焰似的斑纹
火焰似的眼睛，
还有巨大而破碎的
滴血的趾爪！

白桦(1930—2019)

原名陈佑华,河南信阳人

云南的云

你透明,
因为你太纯净;
离灰尘太远,
离太阳很近。

你快乐,
因为你淡泊无争;
既不积累实利,
又不收集虚名。

你自由,
因为你太轻盈;
刚刚还在山顶上徘徊,
转瞬之间又飘然远行。

你幸福,
因为你勇于牺牲;
为了花常开,叶常青,
你撒尽了化为泪雨的生命。

你美满,
因为你领悟了永恒;
永恒就是花开花谢,
永恒就是死死生生。

你也有痛苦,
因为你太多情;
大地如此美丽,
你有多少爱才能把债还清?!

丁芒(1925—)
江苏南通人

江南烟雨

这被雨水浸融了的江南，
哪儿是桃花，哪儿是杨柳？
绿叶儿都淡成了烟雾，
笼罩着远处依稀的红楼。

只有燕子像遗落的墨点，
在蒙茸细雨中来往穿梭，
翅上驮着湿漉漉的春天，
为她寻觅个落脚的处所。

呵，燕子，你别再啁啾，
春已随稻谷播下了田畴，
你不见秧苗的连天翠色，
已经把乳白的云幔染透！

三

食指(1948—)

原名郭路生,山东鱼台人

相信未来

当蜘蛛网无情地查封了我的炉台
当灰烬的余烟叹息着贫困的悲哀
我依然固执地铺平失望的灰烬
用美丽的雪花写下:相信未来

当我的紫葡萄化为深秋的露水
当我的鲜花依偎在别人的情怀
我依然固执地用凝露的枯藤
在凄凉的大地上写下:相信未来

我要用手指那涌向天边的排浪
我要用手掌那托住太阳的大海
摇曳着曙光那枝温暖漂亮的笔杆
用孩子的笔体写下:相信未来

我之所以坚定地相信未来
是我相信未来人们的眼睛——
她有拨开历史风尘的睫毛
她有看透岁月篇章的瞳孔

不管人们对于我们腐烂的皮肉
那些迷途的惆怅、失败的苦痛
是寄予感动的热泪、深切的同情
还是给以轻蔑的微笑、辛辣的嘲讽

我坚信人们对于我们的脊骨
那无数次的探索、迷途、失败和成功
一定会给予热情、客观、公正的评定
是的,我焦急地等待着他们的评定

朋友,坚定地相信未来吧
相信不屈不挠的努力
相信战胜死亡的年轻
相信未来、热爱生命

1968年　北京

热爱生命

也许我瘦弱的身躯像攀附的葛藤,
把握不住自己命运的前程,
那请在凄风苦雨中听我的声音,
仍在反复地低语:热爱生命。

也许经过人生激烈的搏斗后,
我死得比那湖水还要平静。
那请去墓地寻找我的碑文,
上面仍会刻着:热爱生命。

我下决心:用痛苦来做砝码,
我有信心:以人生作为天平,
我要称出一个人生命的价值,
要后代以我为榜样:热爱生命。

的确,我十分珍爱属于我的
那条弯弯曲曲的荒草野径,
正是通过这条曲折的小路,

我才认识到如此艰辛的人生。

我流浪儿般的赤着双脚走来,
深感到途程上顽石棱角的坚硬,
再加上那一丛丛拦路的荆棘,
使我每一步都留下一道血痕。

我乞丐似的光着脊背走去,
深知道冬天风雪中的饥饿寒冷,
和夏天毒日头烈火一般的灼热,
这使我百倍地珍惜每一丝温情。

但我有着向旧势力挑战的个性,
虽是屡经挫败,我决不轻从。
我顽强的活着,活到现在,
就在于:相信未来,热爱生命。

1978年　北京

这是四点零八分的北京

这是四点零八分的北京,
一片手的海浪翻动;
这是四点零八分的北京,
一声尖厉的汽笛长鸣。

北京车站高大的建筑,
突然一阵剧烈的抖动。
我吃惊地望着窗外,
不知发生了什么事情。

我的心骤然一阵疼痛,一定是
妈妈缀扣子的针线穿透了心胸。
这时,我的心变成了一只风筝,
风筝的线绳就在妈妈的手中。

线绳绷得太紧了,就要扯断了,
我不得不把头探出车厢的窗棂。
直到这时,直到这个时候,

我才明白发生了什么事情。

——一阵阵告别的声浪,
就要卷走车站;
北京在我的脚下,
已经缓缓地移动。

我再次向北京挥动手臂,
想一把抓住她的衣领,
对她亲热地大声叫喊:
永远记着我,妈妈啊,北京!

终于抓住了什么东西,
管他是谁的手,不能松,
因为这是我的北京,
这是我的最后的北京。

1968年12月20日

佚名

扬眉剑出鞘(组诗)

一

欲悲闻鬼叫,
我哭豺狼笑。
洒泪祭雄杰,
扬眉剑出鞘。

二

三人十只眼,
阴谋想夺权。
总理英灵在,
怒斥反国奸。

三

八亿眼明亮,
翻案行不通。
魔怪休猖狂,
除妖有英雄。

四

哀思念总理,
誓言动天地。
鬼蜮欲出笼,
九天有霹雳。

五

喷毒枉费心,
兴妖空拙劳。
看我八亿民,
皆握斩魔刀。

六

人民不怕压,
心有向阳花。
杀头不可怕,
自有继承他。

芒克(1950—)

原名姜世伟,辽宁沈阳人

阳光中的向日葵

你看到了吗
你看到阳光中的那棵向日葵了吗
你看它,它没有低下头
而是把头转向身后
就好象是为了一口咬断
那套在它脖子上的
那牵在太阳手中的绳索

你看到它了吗
你看到那棵昂着头
怒视着太阳的向日葵了吗
它的头几乎已把太阳遮住
它的头即使是在没有太阳的时候
也依然在闪耀着光芒

你看到那棵向日葵了吗
你应该走近它
你走近它便会发现
它脚下的那片泥土
每抓起一把
都一定会攥出血来

作于1983年

葡萄园

一小块葡萄园，
是我发甜的家。

当秋风突然走进哐哐作响的门口，
我的家园都是含着眼泪的葡萄。

那使园子早早暗下来的墙头，
几只鸽子惊慌飞走。

胆怯的孩子把弄脏的小脸
偷偷地藏在房后。

平时总是在这里转悠的狗，
这会儿不知溜到哪里去了。

一群红色的鸡满院子扑腾，
咯咯地叫个不停。

我眼看着葡萄掉在地上，
血在落叶中间流。

这真是个想安宁也不能安宁的日子，
这是在我家失去阳光的时候。

北岛(1949—)

原名赵振开,生于北京

回　答

卑鄙是卑鄙者的通行证,
高尚是高尚者的墓志铭。
看吧,在镀金的天空中,
飘满了死者弯曲的倒影。

冰川纪过去了,
为什么到处都是冰凌?
好望角发现了,
为什么死海里千帆相竞?

我来到这个世界上,
只带着纸、绳索和身影,
为了在审判之前,
宣读那些被判决的声音:

告诉你吧,世界
我——不——相——信!
纵使你脚下有一千名挑战者,
那就把我算作第一千零一名。

我不相信天是蓝的;
我不相信雷的回声;
我不相信梦是假的;
我不相信死无报应。

如果海洋注定要决堤,
就让所有的苦水都注入我心中;
如果陆地注定要上升,
就让人类重新选择生存的峰顶。

新的转机和闪闪星斗,
正在缀满没有遮拦的天空。
那是五千年的象形文字,
那是未来人们凝视的眼睛。

1976年4月

宣 告
——献给遇罗克

也许最后的时刻到了
我没有留下遗嘱
只留下笔,给我的母亲
我并不是英雄
在没有英雄的年代里,
我只想做一个人。

宁静的地平线
分开了生者和死者的行列
我只能选择天空
决不跪在地上
以显出刽子手们的高大
好阻挡自由的风
从星星的弹孔里
将流出血红的黎明

多多(1951—)

原名栗世征,北京人

阿姆斯特丹的河流

十一月入夜的城市
唯有阿姆斯特丹的河流

突然

我家树上的橘子
在秋风中晃动

我关上窗户,也没有用
河流倒流,也没有用
那镶满珍珠的太阳,升起来了

也没有用
鸽群像铁屑散落
没有男孩子的街道突然显得空阔

秋雨过后
那爬满蜗牛的屋顶
——我的祖国

从阿姆斯特丹的河上,缓缓驶过……

1989年

春之舞

雪锹铲平了冬天的额头
树木
我听到你嘹亮的声音

我听到滴水声,一阵化雪的激动:
太阳的光芒像出炉的钢水倒进田野
它的光线从巨鸟展开双翼的方向投来

巨蟒,在卵石堆上摔打肉体
窗框,像酗酒大兵的嗓子在燃烧

我听到大海在铁皮屋顶上的喧嚣

啊,寂静
我在忘记你雪白的屋顶
从一阵散雪的风中,我曾得到过一阵疼痛

当田野强烈地肯定着爱情
我推拒春天的喊声
淹没在栗子滚下坡的巨流中

我怕我的心啊
我在喊:我怕我的心啊
会由于快乐,而变得无用!

梁小斌(1954—)

安徽合肥人

雪白的墙

妈妈,
我看见了雪白的墙。

早晨,
我上街去买蜡笔,
看见一位工人
费了很大的力气,
在为长长的围墙粉刷。

他回头向我微笑,
他叫我
去告诉所有的小朋友:
以后不要在这墙上乱画。

妈妈,

我看见了雪白的墙。
这上面曾经那么肮脏，
写有很多粗暴的字。
妈妈，你也哭过，
就为那些辱骂的缘故，
爸爸不在了，
永远地不在了。

比我喝的牛奶还要洁白、
还要洁白的墙，
一直闪现在我的梦中，
它还站在地平线上，
在白天里闪烁着迷人的光芒，
我爱洁白的墙。

永远地不会在这墙上乱画，
不会的，
像妈妈一样温和的晴空啊，
你听到了吗？

妈妈，
我看见了雪白的墙。

1980年5月—8月

中国,我的钥匙丢了

中国,我的钥匙丢了。

那是十多年前,
我沿着红色大街疯狂地奔跑,
我跑到了郊外的荒野上欢叫,
后来,
我的钥匙丢了。

心灵,苦难的心灵,
不愿再流浪了,
我想回家,
打开抽屉、翻一翻我儿童时代的画片,
还看一看那夹在书页里的
翠绿的三叶草。

而且,
我还想打开书橱,
取出一本《海涅歌谣》,
我要去约会,

我向她举起这本书,
作为我向蓝天发出的
爱情的信号。

这一切,
这美好的一切都无法办到。
中国,我的钥匙丢了。

天,又开始下雨,
我的钥匙啊,
你躺在哪里?
我想风雨腐蚀了你,
你已经锈迹斑斑了;
不,我不那样认为,
我要顽强地寻找,
希望能把你重新找到。

太阳啊,
你看见了我的钥匙了吗?
愿你的光芒,
为它热烈地照耀。

我在这广大的田野上行走,
我沿着心灵的足迹寻找,

那一切丢失了的，
我都在认真思考。

徐敬亚(1949—)

吉林长春人

我恨……

我真想变成一条牛,驾起车
拉动我缓缓前行的祖国——
我恨……恨那不动声色的冰川
冷漠的白盔重重地压着她的前额

……因为,我是在爱呀
爱得变了声音,变了颜色!

我真想变成一张犁,卧下身,呼啸着
翻动出一条条翠绿色的江河——
我恨……那早已枯槁的树桩
僵硬的根须还把大地死死地攥着

……因为,我是在爱呀
爱得失去了笑容,失去了欢乐!

我真想化成一阵柔风,轻轻地
用手掌把千百年来疲惫的土地抚摸
我恨那一层层林立的栅栏
把我的温暖,像旧床单一条条地撕破

……因为,我是在爱呀
爱惜那么难忍,那么焦灼!

我真想化成一团火
点燃起凝固在冰河里的战歌
我真想变成一把剑
将无形的顽石劈成有形的残骸

我……我确是在深深地爱呀
爱得滚落了泪珠,捂紧了心窝!

我年轻的心中有两种颜色
像黑白眼球一样旋转着不可分割
我的灵魂不在恨的激流中奔腾
我的爱便会在干涸中沉没……

我……被爱和恨深深地折磨
爱得脸上一片冰雪,恨得心里滚热、滚热……

严力(1954—)

北京人

还给我

请还给我那扇没有装过锁的门
哪怕没有房间也请还给我
请还给我早晨叫醒我的那只雄鸡
哪怕被你吃掉了也请把骨头还给我
请还给我半山坡上的那曲牧歌
哪怕被你录在了磁带上也请还给我
请还给我
   我与我兄弟姊妹的关系
哪怕只有半年也请还给我
请还给我爱的空间
哪怕被你用旧了也请还给我
请还给我整个地球
哪怕已经被你分割成
   一千个国家

一亿个村庄
　也请你还给我

母语的回程票

母语把故乡之恋制成一张
回头的脸
我瞄准
回来的航线
母语的浴巾
把被纽约的斜风恶雨淋过的翅膀
在北京擦干

与温饱相隔了九年差六个月
填食我吧
再把我挂进炉子
制成特产的肉香近在唇边

母语中最贴切的韵律
就是让我赤身裸体地亲临这片

盘子般的大地

我就坐在我自己的耳朵里
倾听把我作为题材的咀嚼
如何分辨出
经过东西方交流之后的营养
最后是我和我的耳朵
也被请到胃中去倾听故乡的内心

喔
母语是多么热情
在所有的母语中
回家是唯一流行的食品

注：

  作者于1985年5月从北京去纽约自费留学，1993年11月首次回国。有感而写了此诗。

顾城(1956—1993)

原籍上海,生于北京

我是一个任性的孩子

我想在大地上画满窗子,让所有习惯黑暗的眼睛,都习惯光明。

也许
我是被妈妈宠坏的孩子
我任性

我希望
每一个时刻
都像彩色蜡笔那样美丽
我希望
能在心爱的白纸上画画
画出笨拙的自由
画下一只永远不会
流泪的眼睛
一片天空

一片属于天空的羽毛和树叶

一个淡绿的夜晚和苹果

我想画下早晨

画下露水所能看见的微笑

画下所有最年轻的

没有痛苦的爱情

画下想象中

我的爱人

她没有见过阴云

她的眼睛是晴空的颜色

她永远看着我

永远,看着

绝不会忽然掉过头去

我想画下遥远的风景

画下清晰的地平线和水波

画下许许多多快乐的小河

画下丘陵——

长满淡淡的茸毛

我让他们挨得很近

让他们相爱

让每一个默许

每一阵静静的春天的激动

都成为一朵小花的生日

我还想画下未来
我没见过她,也不可能
但知道她很美
我画下她秋天的风衣
画下那些燃烧的烛火和枫叶
画下许多因为爱她
而熄灭的心
画下婚礼
画下一个个早早醒来的节日——
上面贴着玻璃糖纸
和北方童话的插图

我是一个任性的孩子
我想涂去一切不幸
我想在大地上
画满窗子
让所有习惯黑暗的眼睛
都习惯光明
我想画下风
画下一架比一架更高大的山岭
画下东方民族的渴望
画下大海——

无边无际愉快的声音

最后,在纸角上
我还想画下自己
画下一只树熊
他坐在维多利亚深色的丛林里
坐在安安静静的树枝上
发愣
他没有家
没有一颗留在远处的心
他只有许许多多
浆果一样的梦
和很大很大的眼睛

我在希望
在想
但不知为什么
我没有领到蜡笔
没有得到一个彩色的时刻
我只有我
我的手指和创痛
只有撕碎那一张张
心爱的白纸
让它们去寻找蝴蝶

让它们从今天消失

我是一个孩子
一个被幻想妈妈宠坏的孩子
我任性

王小妮(1955—)

吉林长春人

我感到了阳光

我从长长的走廊
走下去……

——啊,迎面是刺眼的窗子,
　　两边是反光的墙壁。
　　阳光,我,
　　我和阳光站在一起!

——啊,阳光原来是这样强烈,
　　暖得人凝住了脚步,
　　亮得人憋住了呼吸,
　　全宇宙的光都在这里集聚。

——我不知道还有什么存在,
　　只有我,靠着阳光,

站了十秒钟,
十秒,有时会长于一个世纪的四分之一。

终于,我冲下楼梯,推开门,
奔走在春天的阳光里……

重新做一个诗人

在一个世纪最短的末尾
大地弹跳着
人类忙得像树间的猴子。

而我的两只手
闲置在中国的空中。
桌面和风
都是质地纯白的好纸。
我让我的意义
只发生在我的家里。

淘洗白米的时候
米浆像奶滴在我的纸上。

瓜类为新生出手指
而惊叫。
窗外，阳光带着刀伤
天堂走慢冷雪。

每天从早到晚
紧闭家门。
把太阳悬在我需要的角度
有人说，这城里
住了一个不工作的人。

关紧四壁
世界在两小片玻璃之间自燃。
沉默的蝴蝶四处翻飞
万物在不知不觉中泄露。
我预知四周最微小的风吹草动
不用眼睛。
不用手。
不用耳朵。

每天只写几个字
像刀
划开橘子细密喷涌的汁水。
让一层层蓝光

进入从未描述的世界。

没人看见我
一缕缕细密如丝的光。
我在这城里
无声地做一个诗人。

彭邦桢(1919—2003)

祖籍湖北黄陂人,美籍华人

月之故乡

天上一个月亮
水里一个月亮

天上的月亮在水里
水里的月亮在天上

低头看水里
抬头看天上
看月亮,思故乡
一个在水里
一个在天上

1977年圣诞夜作于纽约

沙鸥（1922—1994）

原名王世达，重庆市人

新 月

新月弯弯，
像一条小船。

我乘船归去，
越过万水千山。

花香。夜暖。
故乡正是春天。

你睡着了么？
我在你梦中靠岸。

林庚（1910—2006）

字静希，原籍福建闽侯，生于北京

大　海

我时常梦见海那风的乡土
我永远赞美海那天的蓝图
写在我心上的是你的脉搏
是你的浪花儿天风在吹拂

五月里的红花开遍草原上
绿色的海洋啊到处是幸福
春天来的潮水拦也拦不住

一九五七年五月诗人节晚会上曾朗诵过这首诗，之后未曾发表过，今天录出作为二十多年来的追忆。

柯岩(1929—2011)

原名冯恺,河南郑州人

周总理,你在哪里?

周总理,我们的好总理,
你在哪里呵,你在哪里?
你可知道,我们想念你,
——你的人民想念你!

我们对着高山喊:
周总理——
山谷回音:
"他刚离去,他刚离去,
革命征途千万里,
他大步前进不停息。"

我们对着大地喊:
周总理——
大地轰鸣:

"他刚离去,他刚离去,
你不见那沉甸甸的谷穗上,
还闪着他辛勤的汗滴……"

我们对着森林喊:
周总理——
松涛阵阵:
"他刚离去,他刚离去,
宿营地上篝火红呵,
伐木工人正在回忆他亲切的笑语。"

我们对着大海喊:
周总理——
海浪声声:
"他刚离去,他刚离去,
你不见海防战士身上,
他亲手给披的大衣……"

我们找遍整个世界,
呵,总理,
你在革命需要的每一个地方,
辽阔大地
到处是你深深的足迹。

我们回到祖国的心脏,
我们在天安门前深情地呼唤:
周——总——理——
广场回答:
"呵,轻些呵,轻些,
他正在中南海接见外宾,
他正在政治局出席会议……"

总理呵,我们的好总理!
你就在这里呵,就在这里。
——在这里,在这里,
在这里……

你永远和我们在一起
——在一起,在一起,
在一起……
你永远居住在太阳升起的地方,
你永远居住在人民心里。
你的人民世世代代想念你!
想念你呵 想念你
想——念——你……

李瑛(1926—)
河北丰润人,生于辽宁锦州

一九七八年的春天

当残雪溶化,枯草间露出一丝鹅黄,
我听到蓬勃的春天在那里歌唱,
又一阵暴风雪已经过去,
天空射下灿烂的阳光。

无论是九天惊雷,还是春潮汛涨,
都抵不过我们战斗生活的喧响;
听,一粒粒萌生的种子在召唤明天,
千山万水间,呈现出何等繁忙的景象!

一切是这样动人,满含生机,
一切是这样富于理想和力量,
一切是这样无愧于伟大的时代和祖国,
呵,每分每秒,都充满热,都充满光!

雷抒雁（1942—2013）
陕西泾阳人

小草在歌唱(节选)

四

就这样——
黎明。一声枪响,
她倒下去了,
倒在生她养她的祖国大地上。

她的琴呢?
那把她奏出过欢乐,
奏出过爱情的琴呢?
莫非就此成了绝响?
她的笔呢?
那支写过檄文,
写过诗歌的笔呢?

战士,不能没有刀枪!

我敢说:她不想死!
她有母亲:风烛残年,
受不了这多悲伤!
她有孩子:花蕾刚绽,
怎能落上寒霜!
她是战士,
敌人如此猖狂,
怎能把眼合上!

我敢说:她没有想到会死。
不是有宪法么?
民主,有明文规定的保障;
不是有党章么,
共产党员应多想一想。
就像小溪流出山涧,
就像种子钻出地面,
发现真理,坚持真理,
本来就该这样!

可是,她却被枪杀了,
倒在生她养她的母亲身旁……

法律呵,
怎么变得这样苍白,
苍白得像废纸一方;
正义呵,
怎么变得这样软弱,
软弱得无处伸张!
只有小草变得坚强,
托着她的身躯,
托着她的枪伤,
把白的,红的花朵,
插在她的胸前,
日里夜里,风中雨中,
为她歌唱……

孔繁森(1944—1994)
  山东聊城人

第二次出征西藏

我不喜欢孤独的吟唱,
我不喜欢哀婉的忧郁,
我喜欢淋漓的欢乐,
我喜欢火热的生活,
我喜欢国土的广阔。
今天,接到命令:
奔赴西藏,第二次奔赴西藏,
我又陷入遥远的回忆——

想那片草原,
想那片有蓝天、白云的高原,
想那片酥油茶飘香的高原,
那想片流淌草原牧歌的高原,
想那片剽悍雄性的高原,
想那片佩藏刀饮大碗青稞酒的高原,

想那块雄伟高大的天然屏障,
过去了,又走回来——

离开故乡,离开那片养我育我的平原,
我不敢再想白发老母倚门望我归家,
我怕太阳下山之后,
大野里传来母亲的呼唤,
唤我,唤我,归家;
我怕那门前的酸枣树开花又结籽,
红透了之后,攥在母亲的手掌之中,
等我,等我,等我回家——
谁都有儿女情长
羊羔跪乳,燕子衔食,
我知道男儿应该远行,
离家之前,我只想说——
说祖国的每一片土地都养人。

我知道出征的路程和分量,
我知道荣誉和牺牲、胜利和艰难,
绝不会单一降临到一个人的身上,
我要用妈妈的教诲、妻子的期待,
朋友的支持来激励我勇敢顽强地
站在祖国的高原——西藏。
为了祖国的每寸土地繁荣昌盛,

我愿做雪山上的一盏明灯,
把祖国的边疆西藏照亮。

简宁（1963— ）

原名叶流传,安徽潜山人

小平,您好!

今天我看到我的形象
也站在天安门城楼上
同您一起
检阅着祖国年轻壮丽的姿容

假如我能代表人民
(我是说假如,实际上
我只是个普通的中国学生
也是一个憨厚得像一头牛的
老农民的孙子)
假如我能代表人民
我要喊你亲爱的孩子
(原谅我
我已经不再习惯
把所有站在高处的人

都称为父亲）

也的的确确
没有一点逼人的威风
你站在那儿
像个亲爱的孩子
彩色的人群在大街上壮阔地流过
你激动吗
你微笑着看着彩色的人群
亲切得几乎有几分天真

天真的孩子
就那样有力地伸出手臂
改革
像轻轻摘来一朵雏菊
缀插在祖国有些苍老的浓密头发上
顿时青春的血液
又在她的身体里涌流
今天她年轻地娇娆地走过你的面前
你像个孩子看着母亲那样
露出骄傲甚至娇憨的笑容

真想这么对你说
但是我一个人

不能代表人民
而且您是个老人
我年轻得几乎可以做您的孙子
走在人群里我只能恭恭敬敬地
举起我的敬意
小平您好
您好——小平——
小平
中国的老百姓都这么喊你
就像呼唤着自己孩子亲切的乳名

          1984年10月

郑敏(1920—)

福建闽侯人,生于北京

金黄的稻束

金黄的稻束站在
割过的秋天的田里,
我想起无数个疲倦的母亲,
黄昏的路上我看见那皱了的美丽的脸,
收获日的满月在
高耸的树巅上,
暮色里,远山
围着我们的心边,
没有一个雕像能比这更静默。
肩荷着那伟大的疲倦,你们
在这伸向远远的一片
秋天的田里低首沉思,
静默。静默。历史也不过是
脚下一条流去的小河,

而你们,站在那儿,
将成为人类的一个思想。

舒婷（1952— ）

原名龚佩瑜，福建龙海人

致橡树

我如果爱你——

绝不像攀缘的凌霄花

借你的高枝炫耀自己；

我如果爱你——

绝不学痴情的鸟儿

为绿荫重复单调的歌曲；

也不止像泉源

常年送来清凉的慰藉；

也不止像险峰

增加你的高度，衬托你的威仪。

甚至日光，

甚至春雨。

不，这些都还不够！

我必须是你近旁的一株木棉，

作为树的形象和你站在一起。

根,紧握在地下,
叶,相触在云里。
每一阵风过,
我们都互相致意,
但没有人
听得懂我们的言语。
你有你的铜枝铁干,
像刀,像剑,
也像戟;
我有我的红硕花朵,
像沉重的叹息,
又像英勇的火炬。
我们分担寒潮、风雷、霹雳,
我们共享雾霭、云霞、虹霓。
仿佛永远分离,
却又终生相依。
这才是伟大的爱情,
坚贞就在这里:
爱——
不仅爱你伟岸的身躯,
也爱你坚持的位置,足下的土地。

祖国啊,我亲爱的祖国

我是你河边上破旧的老水车,
数百年来纺着疲惫的歌;
我是你额上熏黑的矿灯,
照你在历史的隧洞里蜗行摸索;
我是干瘪的稻穗,是失修的路基;
是淤滩上的驳船
把纤绳深深
　　　勒进你的肩膊,
——祖国啊!

我是贫困,
我是悲哀。
我是你祖祖辈辈
　　　痛苦的希望啊,
是"飞天"袖间
千百年来未落到地面的花朵,
——祖国啊!

我是你簇新的理想，
刚从神话的蛛网里挣脱；
我是你雪被下古莲的胚芽；
我是你挂着眼泪的笑窝；
我是新刷出的　雪白的　起跑线；
是绯红的黎明
　　　　正在喷薄
——祖国啊！

我是你十亿分之一，
是你九百六十万平方的总和；
你以伤痕累累的乳房
喂养了
迷惘的我,深思的我,沸腾的我；
那就从我的血肉之躯上
去取得
你的富饶、你的荣光、你的自由；
——祖国啊，
我亲爱的祖国！

韩瀚(1935—)

原名韩叔言,山东苍山县

重 量

她把带血的头颅,
放在生命的天平上,
让所有苟活者,
都失去了
——重量。

1979年8月作

张学梦(1940—)

　　河北唐山人

幸福指数

我是家庭的菜篮,
对胡萝卜情有独钟,马铃薯百吃不厌,
阳光天天把我从头到脚烘热沤透,
年轮天天记录我庸常生活的诗篇。
祖国,我知道这种时空的优待,出自谁的恩典。

当年她满脸稚气,穿着花格衫,
第一次邂逅,都未看我一眼,
此刻这个与我风雨同舟数十载的女人,
疲倦地熟睡在我枕畔。
祖国,我曾暗暗许诺:让我摘下的草莓永葆鲜艳。

当诗神陪我一起散步,
我一再被站牌旁咯咯的笑闹所震撼,
在我偶尔落潮的刹那,

是这群女孩子把天堂的风铃声带到人间。

祖国,我老梦想,同时站在一棵银杏树的这边和那边。

如果忆起挥动的鹤嘴镐的岁月,

当木匠时的满身松香,或奋战在熔铁炉前,

如果忆起一块干活的纯朴和善的人们,

我就惆怅得彻夜无眠。

祖国,在你宏阔的史诗里,我是一行哲理诗,蠕动的芽尖。

还有心灵,不仅一望无际的麦田,

原点活跃着,绵延传承的语言,遥远的古琴竹简,

这风情摇曳的大地呀,

汹涌澎湃的血缘,袅袅不断的炊烟……

祖国,我迷恋生存,热爱生活,对存在更是浮想联翩。

洪三泰(1945—)

广东湛江人

中国高第街

宋朝在羊城挂牌——高第街
一幅活鲜鲜的《清明上河图》
铜钱串起锈蚀的历史
元明清在高声叫卖
却积压了一叠叠祖传秘方
风雨之夜总是早早地紧关店门

拂晓,大官从这里走马上任
午后,又听见将军在小巷诞生的哭声
高第街哺育的人才海外扬名

鲁迅和许广平在许家观"七夕"供物
木屐声里,夕阳之下
他发现装饰中国历史的
竟是一根自捻的红头绳

从东到西一里，一里小街
一千年也走不到尽头
怎能走出街口走出娇嫩的珠江呵
我善良的智慧的华夏子孙

马克思幽默地点破
广州自给自足的秘密
自制的土头巾
长久地裹着自己的眼睛
整个中国缩在高第街头
惊疑地聆听海外潮响
却听见重炮在轰击大门
高第街在做遨游天际的惊梦

当中国的太阳猛然爆炸
当南方在金色的放射中洞开
当阳光的碎片铺满街巷
高第街便开始诠释中国
以它敞开的十四条横巷之门

世界商品经济的风云
触动中国这条最敏感的神经
它蜕变成一条彩色巨龙

历史悠然地徜徉街头
试穿着牛仔裤和蝙蝠衫
笑谈一千年天地嬗变
一千年起死回生
它默念在世界竖起的一则广告
——中国高第街与现代文明

饶庆年(1947—1995)

湖北蒲圻人

山雀子噪醒的江南

山雀子噪醒的江南,一抹雨烟
到处是布谷的清亮,黄鹂的婉转,竹鸡的缠绵
看夜的猎手回了,柳笛儿在晨风中轻颤
孩子踏着睡意出牧,露珠绊响了水牛的铃铛
扛犁的老哥子们,粗声地吆喝着问候
担水的村姑,小曲儿洒一路淡淡的喜欢
山雀子噪醒的江南,一抹雨烟

我的心宁静地依恋,依恋着烟雨江南
故乡从梦中醒来,竹叶抖动着晨风的新鲜
走尽古老的石阶,已不见破败的童话
石砌的院落,新房正翘起昂扬的飞檐
孩子们已无从知道当年蕨根的苦涩
也不再弯腰拾起落地的榆钱
乡亲们泡一杯新摘的山茶待我,我的心浸渍着爱的香甜

山雀子噪醒的江南,一抹雨烟

我爱崖头山脚野蔷薇初吐的芳蕊
这一簇簇野性的艳丽,惹动我一瓣甜蜜,半朵心酸
望着牛背上打滚儿如同草地上打滚儿的侄儿们
江南烟雨迷蒙了我凝思的双眼
这些懂事的孩子过早地担起了父辈的艰辛
稚气的眸子,闪射着求知的欲念
可是,草坡上他们却在比赛着骂人的粗野
油灯下,只剩"抓子儿"的消遣
山雀子噪醒的江南,一抹雨烟

那溪水半掩的青石,沉默着我的初恋
鸭舌草多情记忆里,悄悄开着羞涩的水仙
赤脚,我在溪流中浣洗着叹息
浣洗着童年的亲昵,今日的无言
小路幽深,兰草花默默地飘散着三月
小路又热烈,野石榴点燃了如火的夏天
小路驮着我长大,林荫覆盖我的几多朦胧
山雀子噪醒的江南,一抹雨烟

山雀子噪醒的江南,一抹雨烟
烟雨拂撩着我如画的江南
桂花酒新酿着一个现实的故事

荞花蜜将我久藏的童心点染
我的心交给了崖头的山雀
衔一片喜悦装点我迟到的春天
山雀子衔来的江南,一抹雨烟

章德益(1946—)

浙江吴县人

开拓者谈地平线

让目光收尽最辽远的地平线吧
饱啖风,饱啖沙,饱啖云烟
而不要仅仅把它看作
云的荡木,天的床架,风的钢丝索
要把它看作丈量你全部视野与胸怀的
一卷宇宙的皮尺
要把它看作凝视你毕生远征的
世界修长的眼帘

去那里,去弹拨这条
交鸣着天地之音的地球的丝弦
去那里,去解开这条
拴系着幻想之舟的宇宙的长缆
去那里,与远天热恋,与风云热恋
与日出热恋

爱抚这条地球旋转给你看的
体态婀娜的世界的曲线

向往地平线
向往那条
一千匹漠风一千匹云霞一千匹蓝天
纺出的绵长的纱线
去那里，去作这条绵绵长线的一截
捻出的线头
理清这大漠一万年风云的紊乱
理清这大漠八千里交缠的迷烟
从你不断开拓着的生命里
理出一个清澄的明天

郭光豹（1934— ）

广东潮州人

流行色

匆匆投你一瞥
广州,1988年春天的流行色：
自然色群领衔轻柔色群和鲜艳色群
天鹅湖——
天的蓝。鹅的白。湖心泥土黑
淡雅,古朴、简洁……

这儿博览着现代男子女子的情思
开放意识夹杂回归趋向
港台的时髦拥抱四十年代的风靡
中国人
原就该脚踏中国的实地。
思绪串起一道流动的轨迹
柔姿纱,乔其纱、巴黎绸、巴黎丝
水貂皮、珠绣、粗花呢

牛仔裤系列和绉绉巴巴的棉布……
目光在问：
谁打扮了春？春又把谁打扮？
看手绘蜡描
把关山月和林墉
都描在豁达胸襟之上
且读：
湘妃竹之潇洒,君子兰之典雅

时装到底属于
生命的新陈代谢规律
时代宣告：
这是我的仪容与表情
凸现个性
凸现审美和生活的缤纷
简便舒适成为最实际的追求
传统感觉杂揉新的观念
一个多变的世界
时宽时窄时短时长
一个个活蹦乱跳的精灵婴儿般地诞生了
人们向一具具僵虫幽默送别

自然,自然,自然
流行,流行,流行

周而复始

一个圆圈,又一个圆圈

地球在太阳系持恒运转

时装,博览

海潮般流动

海潮般不老的时尚,

汹涌,我的思想……

傅天琳（1946— ）

四川资中人

我的孩子

我的孩子
我是你的妈妈

我的盛开的花朵
我的蓓蕾
我的刚刚露脸的小叶子
你听见妈妈的呼喊吗

我把我大大小小的孩子弄丢了
妈妈的心撕裂了

从此你只能从树根、草根中吮吸乳汁
一切植物的，还有动物的乳汁

你要多多的吸啊，不要挑食

吮吸那些你不熟悉的
石头的,煤的,一切矿物的乳汁

妈妈也是才明白
有时,时间是不善的
挟持你,逼你交出体温

假如还能重来
我要把你们一个一个全都装回肚子里

你是我伤口里的晴天霹雳
整整一夜,不,整整一生
我都蜷缩在巨大的哀乐中
我的孩子

你能穿过石块、钉子和无边的黑暗
循着妈妈的声音摸到回家的门吗
我的孩子

不要哭
现在我们来玩捉迷藏的游戏
看谁最早捉到凌晨的第一株光线

天空的门永远不会关闭

快去吧去一个有光亮的地方
看啊天使选中了你的嘴唇
上帝搭乘你的翅膀起飞

我肉嘟嘟的干干净净的孩子啊
你一定要保持露水一样的晶莹

你已经独自扛起了一座废墟
你的坚强、勇敢、镇定
让群山低下头来
江河向你致敬

人生还有多少作业
孩子啊把你未完成的苦难交给我

你冷吗
妈妈正细心剪裁一小块一小块黑夜
作你棉衣的衬

你什么时候送信来
我会把遍地小花小草
当作你细细碎碎的鼻息

今天,妈妈在暴雨中高擎闪电

战栗着,克制着
用雪亮的一笔,为你写诗
你要记住我爱你我的孩子

任洪渊(1937—　)

四川邛崃人

野百合
　　——给F·F

野百合
对我伸出洁白的女性的手
握着五月,这么美丽的手势

像是挣脱了群山和时间
伸出手,是要承受我俯下的
夏,沉重的季节吗
手外的秋很遥远
哪一个手指指着迷失

要伸出手,地平线已伸进黄昏
招着夕阳
和我不沉的凝望
该归巢了,明天再交给黎明托起
又一个握取

在手指间飘落了,抛弃了
摇一摇白色的手一个告别

没有抛下的传递
野百合,给我也给世界
伸着永久的暗示

林子（1935— ）

原名赵秉筠，江苏泰兴人，生于昆明

给 他（组诗选三）

所有羞涩和胆怯的诗篇，
对他，都不适合；
他掠夺去了我的爱情，
像一个天生的主人，一把烈火！
从我们相识的那天起，
他的眼睛就笔直地望着我，
那样深深地留在我的心里，
宣告了他永久的占领。
他说：世界为我准备了你，
而我却无法对他说一个"不"字，
除非存心撕裂了自己的心……
我们从来用不着海誓山盟，
如果谁竟想得起来怀疑我们的爱情，
那么，就再没有什么能够使人相信！

★　★　★

亲爱的,请答应我的一个要求:
你来到这里可不许到处打听——
那终日站在眼前的维纳斯侧着脸儿,
装作没有看见我那抑制不住的微笑
从心的深处涌上来,每当读着你的来信;
桌上那排美丽而知情的诗集啊,
它们顽皮的笑声常惊醒我的痴想……
这支忠实的笔是懂得沉默的,
它洞悉我灵魂里的全部秘密;
还有我的小梳妆盒:明亮的镜子、
闪光的发带和那把小红梳子,
都看见过爱神怎样把我装扮,
用那迷人的玫瑰花束……可别询问它们呵,
亲爱的,不然我会羞得抬不起头来……

★　★　★

只要你要,我爱,我就全给,
给你——我的灵魂、我的身体。
常春藤般柔软的手臂,
百合花般纯洁的嘴唇,

都在等待着你……
爱,膨胀了它的主人的心;
温柔的渴望,像海潮寻找着沙滩,
要把你淹没……
再明亮的眼睛又有什么用,
如果里面没有映出你的存在;
就像没有星星的晚上,
幽静的池塘也黯然无光。
深夜,我只能派遣有翅膀的使者,
带去珍重的许诺和苦苦的思念,
它忧伤地回来了——你的窗户已经睡熟。

四

昌耀（1936— 2000）

原名王昌耀，湖南桃源人

划呀，划呀，父亲们！
——献给新时期的船夫

自从听懂波涛的律动以来，
我们的触角，就是如此确凿地
感受着大海的挑逗：

——划呀，划呀，
父亲们！

我们发祥于大海。
我们的胚胎史，
也只是我们的胚胎史——
展示了从鱼虫到真人的演化序列。
脱尽了鳍翅。
可是，我们仍在韧性地划呀。
可是，我们仍在拼力地划呀。
我们是一群男子。是一群女子。

是为一群女子依恋的
一群男子。
我们摇起棹橹,就这么划,就这么划。
在天幕的金色的晨昏,
众多仰合的背影
有庆功宴上骄军的醉态。
我们不至于酩酊。

  最动情的呐喊
  莫不是
  我们沿着椭圆的海平面
  一声向前冲刺的
  嗥叫?

我们都是哭着降临到这个多彩的寰宇。
后天的笑,才是一瞥投报给母亲的慰安。
——我们是哭着笑着
从大海划向内河,划向洲陆……
从洲陆划向大海,划向穹窿……
拜谒了长城的雉堞。
见识了泉州湾里沉溺的十二桅古帆船。
狎弄过春秋末代的编钟。
我们将钦定的史册连根儿翻个。
从所有的器物我听见逝去的流水。

我听见流水之上抗逆的脚步。

　　——划呀,父亲们,
　　划呀!

还来得及赶路。
太阳还不见老,正当中年。
我们会有自己的里程碑。
我们应有自己的里程碑。
可那漩涡,
那狰狞的孤圈,
向来不放松对我们的跟踪,
只轻轻一扫
就永远地卷去了我们的父兄,
把幸存者的脊椎
扭曲。

　　大海,我应诅咒你的暴虐。
　　但去掉了暴虐的大海不是
　　大海。失去了大海的船夫
　　也不是
　　船夫。

于是,我们仍然开心地燃起爝火。

我们依然要怀着情欲剪裁婴儿衣。
我们昂奋地划呀……哈哈……划呀
　　……哈哈……划呀……

是从冰川期划过了洪水期。
是从赤道风划过了火山灰。
划过了泥石流。划过了
原始公社的残骸,和
生物遗体的沉积层……
我们原是从荒蛮的纪元划来。
我们造就了一个大禹,
他已是水边的神。
而那个烈女
变作了填海的精卫鸟。
预言家已经不少。
总会有橄榄枝的土地。
总会冲出必然的王国。
但我们生命的个体都尚是阳寿短促,
难得两次见到哈雷彗星。
当又一个旷古后的未来,
我们不再认识自己变形了的子孙。

可是,我们仍在韧性地划呀。
可是,我们仍在拼力地划呀。

在这日趋缩小的星球，
不会有另一条坦途。
不会有另一种选择。
除了五条巨大的舢舻，
我只看到渴求那一海岸的
船夫。

  只有啼呼海岸的呐喊
  沿着椭圆的海平面
  组合成一支
  不懈的
  嗥叫。

大海，你决不会感动。
而我们的桨叶也决不会喑哑。
我们的婆母还是要腌制过冬的咸菜。
我们的姑娘还是烫一个流行的发式。
我们的胎儿还是要从血光里
临盆。

……今夕何夕？
会有那么多临盆的孩子？
我最不忍闻孩子的啼哭了。
但我们的桨叶绝对地忠实。

就这么划着。就这么划着。
就这么回答着大海的挑逗;

　　——划呀,父亲们!
　　父亲们!
　　父亲们!

我们不至于酩酊。
我们负荷着孩子的哭声赶路。
在大海的尽头
会有我们的
笑。

1981年10月6日—29日

叶文福(1944—)

　　湖北蒲圻人

祖国啊,我要燃烧

当我还是一株青松的幼苗,
大地就赋予我高尚的情操!
我立志做栋梁,献身于人类,
一枝一叶,全不畏雪剑冰刀!

不幸,我是植根在深深的峡谷,
长啊,长啊,却怎么也高不过峰头的小草。
我拼命吸吮母亲干瘪的乳房,
一心要把理想举上万重碧霄!

我实在太不自量了:幼稚! 可笑!
蒙昧使我看不见自己卑贱的细胞。
于是我受到了应有的惩罚,
迎面扑来旷世的风暴!

啊,天翻地覆……
啊,山呼海啸……
伟大的造山运动,把我埋进深深的地层,
我死了,那时我正青春年少。

我死了,年轻的躯干在地底痉挛,
我死了!不死的精灵却还在拼搏呼号:
"我要出去!我要出去!我要出去啊——
我的理想不是蹲这黑的囚牢!"

漫长的岁月,我吞忍了多少难忍的煎熬,
但理想之光,依然在心中灼灼闪耀。
我变成了一块煤,还在舍命呐喊:
"祖国啊,祖国啊,我要燃烧!"

地壳是多么的厚啊,希望是何等的缥缈,
我渴望!渴望面前有一千条向阳坑道!
我要出去:投身于熔炉,化作熊熊烈火,
"祖国啊,祖国啊,我要燃烧!"

1979年4月16日于北京

叶延滨(1948—)

黑龙江哈尔滨人

干　妈(节选)

灯,一颗燃烧的心

穷山村最富裕的东西是长长的夜,
穷乡亲最美好的享受是早早地睡。
但对我,太长的夜有太多的噩梦,
我在墨水瓶做的油灯下读书,
贪婪地吮吸豆粒一样大的光明!

今天,炕头上放一盏新罩子灯,
明晃晃,照花了我的心。
干妈,你何苦为我花这一块二,
要三天的劳动,值三十个工分!

深夜,躺在炕上,我大睁着眼睛,

想我那关在"牛棚"里的母亲……

"疯婆子,风雪天跑三十里买盏灯,
有本事腿痛你别哼哼!"
"悄些,别把人家娃吵醒,
年轻人爱光,怕黑洞洞的坟!"
干妈,话音很低,哼得也很轻……

啊,在风雪山路上,
一个裹着小脚的老大娘捧一盏灯……
天哪,年轻人,为照亮人走的路,
你为什么没有胆量像丹柯,
——掏出你燃烧的心?!

海子（1964—1989）

原名查海生，安徽怀宁人

面朝大海，春暖花开

从明天起，做一个幸福的人
喂马，劈柴，周游世界
从明天起，关心粮食和蔬菜
我有一所房子，面朝大海，春暖花开

从明天起，和每一个亲人通信
告诉他们我的幸福
那幸福的闪电告诉我的
我将告诉每一个人

给每一条河每一座山取一个温暖的名字
陌生人，我也为你祝福
愿你有一个灿烂的前程
愿你有情人终成眷属
愿你在尘世获得幸福

我只愿面朝大海,春暖花开

1989年1月13日

日　记

姐姐,今夜我在德令哈,夜色笼罩
姐姐,今夜我只有戈壁

草原尽头我两手空空
悲痛时握不住一颗泪滴
姐姐,今夜我在德令哈
这是雨水中一座荒凉的城

除了那些路过的和居住的
德令哈……今夜
这是唯一的,最后的,抒情
这是唯一的,最后的,草原

我把石头还给石头
让胜利的胜利

今夜青稞只属于她自己
一切都在生长
今夜我只有美丽的戈壁空空
姐姐,今夜我不关心人类,我只想你

　　　　　　　1988年7月25日火车经德令哈

祖　国(或以梦为马)

我要做远方的忠诚的儿子
和物质的短暂情人
和所有以梦为马的诗人一样
我不得不和烈士和小丑走在同一道路上

万人都要将火熄灭　我一人独将此火高高举起
此火为大　开花落英于神圣的祖国
和所有以梦为马的诗人一样
我籍此火得度一生的茫茫黑夜

此火为大　祖国的语言和乱石投筑的梁山城寨
以梦为上的敦煌——那七月也会寒冷的骨骼

如雪白的柴和坚硬的条条白雪　横放在众神之山
和所有以梦为马的诗人一样
我投入此火　这三者是囚禁我的灯盏　吐出光辉

万人都要从我刀口走过　去建筑祖国的语言
我甘愿一切从头开始
和所有以梦为马的诗人一样
我也愿将牢底坐穿

众神创造物中只有我最易朽　带着不可抗拒的死亡的速度
只有粮食是我的珍爱　我将她紧紧抱住　抱住她在故乡生儿育女
和所有以梦为马的诗人一样
我也愿将自己埋葬在四周高高的山上　守望平静家园

面对大河我无限惭愧
我年华虚度　空有一身疲倦
和所有以梦为马的诗人一样
岁月易逝　一滴不剩　水滴中有一匹马儿一命归天

千年后如若我再生于祖国的河岸
千年后我再次拥有中国的稻田　和周天子的雪山
天马踢踏
和所有以梦为马的诗人一样
我选择永恒的事业

我的事业　就是要成为太阳的一生
他从古至今——"日"——他无比辉煌无比光明
和所有以梦为马的诗人一样
最后我被黄昏的众神抬入不朽的太阳

太阳是我的名字
太阳是我的一生
太阳的山顶埋葬　诗歌的尸体——千年王国和我
骑着五千年凤凰和名字叫"马"的龙——我必将失败
但诗歌本身以太阳必将胜利

1987年

伊蕾(1951—2018)

原名孙桂珍,天津人

黄果树大瀑布

白岩石一样砸下来
　　砸
　　下
　　来
砸碎大墙下款款的散步
砸碎"维也纳别墅"那架小床
砸碎死水河那个幽暗的夜晚……
砸碎那尊白蜡的雕像
砸碎那座小岛,茅草的小岛
砸碎那段无人的走廊
砸碎古陵墓前躁动不安的欲念
砸碎重复了又重复的缠绵失望
砸碎沙地上那株深秋的苹果树
砸碎旷野里那幅水彩画
砸碎红窗帘下那把流泪的吉他

砸碎海滩上那迷茫中短暂彷徨

把我砸得粉碎粉碎吧
我灵魂不散
要去寻找那一片永恒的土壤
强盗一样去占领、占领
哪怕像这瀑布
千年万年被钉在
　　悬
　　　崖
　　　　上

周所同(1950—　)

　　山西原平人

念黄河

　　　　地理书上读你。读你
　　　　如读故乡那条蓝幽幽的小溪
　　　　祖母的蒲扇下读你。读你
　　　　如读萤火虫一闪一闪的灯谜
　　　　梦境的矮檐下读你。读你
　　　　如读母亲倚门唤儿的亲昵
　　　　线装的唐诗里读你。读你
　　　　如读李白将进酒的豪气
　　　　　　黄河,黄河啊
　　　　　　我是你穿红兜肚的孩子

　　　　真的。我已不记得是怎么长大的了
　　　　只记得父亲拉纤归来
　　　　总为我采回一束蓝蓝的马莲
　　　　哦！这无字无声的摇篮曲

采自你纤绳匍匐号子裂岸的河畔

妈妈停下纺车就是三月了
三月的炊烟总是饿得又细又软
我拽着妈妈的愁绪去挖野菜
哦！野菜很苦很苦也很甜很甜
赤着的脚趾走在你的沙地
深刻感受到你十指连心的爱怜

数着你的渔火入梦，我的
小红帽就不再害怕狼外婆敲门了
喝口你的河水润嗓，我就
能把信天游唱成起起伏伏的山梁了
扎起你三道蓝的羊肚手巾
我就敢把山丹花别在姑娘鬓边
而吃一碗你的小米捞饭
我便见风儿长成北方一条壮汉！

喊我一声乳名儿吧！黄河妈妈
我是你善良的眼睛望高的孩子
也是你苦难的石头磨硬的孩子
只要你还有旋涡还有浅滩还有
第一千次沉船时高扬的手臂
我就会应声而来。长成你

第一千零一次不倒的桅杆!

1986年7月9日于杭州

陈晓光（1948— ）

出生于河北景县

在希望的田野上

我们的家乡

在希望的田野上

炊烟在新建的住房上飘荡

小河在美丽的村庄旁流淌

一片冬麦,(那个)一片高粱

十里(哟)荷塘,十里果香

哎咳哟嗬呀儿咿儿哟

咳！我们世世代代在这田野上生活

为她富裕为她兴旺

我们的理想在希望的田野上

禾苗在农民的汗水里抽穗

牛羊在牧人的笛声中成长

西村纺花(那个)东港撒网

北疆(哟)播种南国打场

哎咳哟嗬呀儿咿儿哟
咳！我们世世代代在这田野上劳动
为她打扮 为她梳妆

我们的未来在希望的田野上
人们在明媚的阳光下生活
生活在人们的劳动中变样
老人们举杯(那个)孩子们欢笑
小伙儿(哟)弹琴姑娘歌唱
哎~咳哟~嗬呀儿咿儿哟
咳！我们世世代代在这田野上奋斗
为她幸福 为她增光
为她幸福 为她增~光~

         作于1980年

柯平(1956—)

出生于浙江奉化

去野餐的自行车队

此刻,头顶旋转的是太阳
太阳下旋转的
是金黄的年轻的轮子

这些轮子也是沉重的
——它们刚从空气锤的雷鸣中驶出来
　　刚从菜篮与锅台间驶出来
　　刚从电大讲义和尿布里驶出来
　　刚从买煤饼的箩筐和加班通知单驶出来
　　刚从振兴中华演讲的慷慨声音里驶出来
但一驶上郊原
(仅仅是一驶上郊原)
仿佛魔术似的,这些轮子
这些神奇的轮子啊
便如同早春的风

发出年轻而欢快的鸣响

此刻,这些轮子驶过了宋朝的残塔
驶过了元朝的点将台
驶过了明朝成化年间的瓷窑
驶过了清朝的小木桥
驶过了民国的旧炮台
驶过了蒋介石掘过的河堤
驶过了一九五八年的土制炼焦炉
然后这些轮子的速度渐渐迟缓了
渐渐地明显地迟缓了
最终停住了
轮子上的人开始跳下来
慢吞吞打开食品袋
(没支起锅子烧就吃了)
有人闷头抽烟
女孩子的红风衣不再美丽地飓起不再像蝴蝶
头顶夹竹桃的浓艳被忽略了
录音机与吉他冷落
然后这些轮子毅然转动了
回去
回到空气锤的雷鸣中去
回到菜篮与锅台间去
回到电大讲义与尿布里去

回到买煤饼的箩筐和加班通知单上去
回到振兴中华演讲的慷慨声音里去

回去
为了一个更大的轮子的转动

韩作荣（1947—2013）

曾用名何安，黑龙江海伦人

四月，冰凌花开了

四月，冰凌花开了，
这一朵朵黄色的小花，
用它犀利的芽尖，射穿了冰雪的铠甲
——迸出了点点金星。

静静地，花儿展瓣了，
在雪野，在枯萎的草丛间，
用它瘦小的身躯，执著的信念，
用它花朵的风铃，去摇醒五月，
摇醒凝冰的大地。

摇醒江河，看她盈盈的泪眼，
摇醒山林，披上嫩绿的纱巾，
摇醒野草不死的根芽，
摇醒青虫的鸣声；

它轻轻地摇动着,
摇醒一切没有霉烂、僵死的心……

四月,冰凌花开了,
风儿,传送着它的心曲,
它呼唤开花的五月,
呼唤山的苍翠,雨的淅沥,
带着未逝的果实累累的梦境,
带着对泥土的深深的爱情……

翟永明(1955—)

四川成都人

独　白

我,一个狂想,充满深渊的魅力
偶然被你诞生。泥土和天空
二者合一,你把我叫作女人
并强化了我的身体

我是软得像水的白色羽毛体
你把我捧在手上,我就容纳这个世界
穿着肉体凡胎,在阳光下
我是如此炫目,使你难以置信

我是最温柔最懂事的女人
看穿一切却愿分担一切
渴望一个冬天,一个巨大的黑夜
以心为界,我想握住你的手
但在你的面前我的姿态就是一种惨败

当你走时,我的痛苦
要把我的心从口中呕出
用爱杀死你,这是谁的禁忌?
太阳为全世界升起! 我只为了你
以最仇恨的柔情蜜意贯注你全身
从脚至顶,我有我的方式

一片呼救声,灵魂也能伸出手?
大海作为我的血液就能把我
高举到落日脚下,有谁记得我?
但我所记得的,绝不仅仅是一生

李钢(1951—)

陕西韩城人

蓝水兵

蓝水兵
你的嗓音纯得发蓝,你的呐喊
带有好多小锯齿
你要把什么锯下来带走
你深深的呼吸
吸进那么多透明的空气
莫非要去冲淡蓝蓝的咸咸的海风

蓝水兵
从海滩上跃起身来
随便撕一张日历揣在裤兜里
举起太平斧砍断你的目光
你漂到海蓝和天蓝中去
挥动你的双鳍鼓一排巨浪
把岸推向远处去

蓝水兵
你这两栖的蓝水兵

蓝水兵
畅泳在你的蓝军服里
隐身在海面的蓝雾里
南海用粤语为你浅浅地唱着
羊城在远方咩咩地叫着
海啸的唿哨挺粗犷
太阳那家伙的毛胡子怪刺痒
在一派浩浩荡荡的蓝色中
反正你蓝得很独特
蓝水兵
你是蓝鲸

春季过了你就下潜
一直下潜到贝壳中去
谛听海的心音
伸出潜望镜来瞭望整个夏天
你可以仰泳,可以侧泳
可以轻盈地鱼跃过任何海区
如果你高兴
你尽可以展翅飞去

去银河系对你来说
是再容易不过的事了
那场壮观的流星雨
究竟算一次空战还是海战
反正你打得够潇洒的

当天上和海上的潮声平息
当月光流泻如月光曲
你便在月光中睡成一座月光岛

早晨你醒来
在那棵扶桑树上解开你的缆绳
总会将一只金鸟儿惊起
它扑楞楞地扇下几根羽毛
响叮叮落在你的甲板上
世界顿时一片灿烂
在这令人眼花缭乱的光芒中
天开始一个劲地高
海开始一个劲地阔
蓝水兵
你便一个劲地蓝

胡的清(1957—)

湖南常德人

美声唱法

一声鸟啼,紧接着一声
又一声,一串串穿起来
再抖开,大把大把播洒
纯金的种子。我听出是两只鸟

在那里一唱一和。就在隔壁
那一对老夫妻,平日里总是
恶语相向,仿佛一起生活了
几辈子,早就烦透了对方

森林离我们远去。两只鸟
在城市的肢体上,迷失了形状与毛色
甚至属于自己种族的名称
但这并不妨碍我的想象

我把他们——我是说两只鸟
在脑海里描绘,挥霍美的线条
色彩,但始终无法表现
那种琴瑟和谐的音韵

就在隔壁,那一对老夫妻
同时从窗口探出头来
谛听。我看见他们抿住嘴巴
温柔地对视了一会儿

王家新(1957—)

　湖北丹江口人

帕斯捷尔纳克

不能到你的墓地献上一束花
却注定要以一生的倾注,读你的诗
以几千里风雪的穿越
一个节日的破碎,和我灵魂的颤栗

终于能按照自己的内心写作了
却不能按一个人的内心生活
这是我们共同的悲剧
你的嘴角更加缄默,那是

命运的秘密,你不能说出
只是承受、承受,让笔下的刻痕加深
为了获得,而放弃
为了生,你要求自己去死,彻底地死

这就是你，从一次次劫难里你找到我
检验我，使我的生命骤然疼痛
从雪到雪，我在北京的轰响泥泞的
公共汽车上读你的诗，我在心中

呼喊那些高贵的名字
那些放逐、牺牲、见证，那些
在弥撒曲的震颤中相逢的灵魂
那些死亡中的闪耀，和我的

自己的土地！那北方牲畜眼中的泪光
在风中燃烧的枫叶
人民胃中的黑暗、饥饿，我怎能
撇开这一切来谈论我自己？

正如你，要忍受更疯狂的风雪扑打
才能守住你的俄罗斯，你的
拉丽萨，那美丽的、再也不能伤害的
你的，不敢相信的奇迹

带着一身雪的寒气，就在眼前！
还有烛光照亮的列维坦的秋天
普希金诗韵中的死亡、赞美、罪孽
春天到来，广阔大地裸现的黑色

把灵魂朝向这一切吧,诗人
这是幸福,是从心底升起的最高律令
不是苦难,是你最终承担起的这些
仍无可阻止地,前来寻找我们

发掘我们:它在要求着一个对称
或一支比天空更高远的安魂曲
而我们,又以什么走到你的墓前?
这是耻辱!这是北京的十二月的冬天
这是你目光中的忧伤、探询和质问
钟声一样,压迫着我的灵魂
这是痛苦,是幸福,要说出它
需要以冰雪来弥漫我的一生

张枣(1962—2010)
湖南长沙人

镜　中

　　只要想起一生中后悔的事
　　梅花便落了下来
　　比如看她游泳到河的另一岸
　　比如登上一株松木梯子
　　危险的事固然美丽
　　不如看她骑马归来
　　面颊温暖
　　羞惭。低下头，回答着皇帝
　　一面镜子永远等候她
　　让她坐到镜中常坐的地方
　　望着窗外，只要想起一生中后悔的事
　　梅花便落满了南山

骆一禾（1961—1989）

祖籍浙江杭州，生于北京

麦　地
——致乡土中国

我们来到这座雪后的村庄
麦子抽穗的村庄
冰冻的雪水滤下小麦一样的身子
在拂晓里　她说
不久，我还真是一个农民的女儿呢

那些麦穗的好日子
这时候正轻轻地碰撞我们
麦地有神，麦地有神
就像我们盛开花朵

麦地在山丘下一望无际
我们在山丘上穿起裸麦的衣裳
迎着地球走下斜坡
我们如此贴近麦地

那一天蛇在天堂里颤抖
在震怒中冰凉无言 享有智谋
是麦地让泪水汇入泥土
尝到生活的滋味

大海边人民的衣服
也是风吹天堂的
麦地的衣服
麦地的滚动
是我们相识的波动
怀孕的颤抖
也就是火苗穿过麦地的颤抖

史铁生(1951—2010)

北京人

遗 物

如果清点我的遗物

请别忘记这个窗口

那是我常用的东西

我的目光

我的呼吸、我的好梦

我的神思从那儿流向世界

我的世界在那儿幻出奇景

我的快乐

从那儿出发又从那儿回来

黎明、夜色都是我的魂灵

如果清点我的遗物

请别忘记这棵老树

那是我常去的地方

我的家园

我的呼喊、我的沉默
我的森林从那儿轰然扩展
我的扩展从那儿通向空冥
我的希望
在那儿生长又在那儿凋零
萌芽、落叶都是我的痴情

如果清点我的遗物
请别忘记这片天空
那是我恒久的眺望
我的祈祷
我的痴迷、我的忧伤
我的精神在那儿羽翼丰满
我的鸽子在那儿折断翅膀
我的生命
从那儿来又回那儿去
天上、地下都是我的飞翔

如果清点我的遗物
请别忘记你的心情
那是我牵挂的事啊
我的留恋
我的灵感、我的语言
我的河流从你的影子里奔涌

我的波涛在你的目光中平静
我的爱人
没有离别却总是重逢
我是你的你也是我的——路程

沙白(1925—)

原名李涛,笔名鲁氓,江苏如皋人

水乡行

水乡的路,
水云铺。
进庄出庄,
一把橹。

鱼网作门帘,
挂满树;
走近才见,
几户人家住。

榴火自红,
柳线舞;
家家门前,
锁一副!

要寻人,
稻海深处;
一步步,
踏停蛙鼓……

蝉声住,
水上起暮雾;
儿童解缆送客,
一手好橹。

1961年6月

林莽（1949— ）
河北徐水人

我们还有许多事情没有完成

我在一个密闭的飞行器中飞行
穿越那么多熟悉的地名
隔着岁月与时空
它们都曾在古老的书本中

我飞越那片世界上最大的草原
我在万米高空中越过乌拉尔山脉的主峰
我追赶太阳 从东向西
我们还有许多事情没有完成

我们还有许多事情没有完成
在一万米的高空下
有一只蚂蚁在搬运它过冬的粮食
有一只鸟儿焦急地寻找它失散的伴侣
有一头牛在为它的孩子进行第一次哺乳

我们已经经历了很多
但我们还有许多事情没有完成

在一万米高空中我读保罗·策兰
我知道我读的并不是他
他距我的距离很近　　距我的设想很远
我们都是在寻找语言的归属
我们在各自的空间里神秘地飞行
但我们还有许多事情没有完成

李琦(1956—)

黑龙江哈尔滨人

这就是时光

这就是时光
我似乎只做了三件事情
把书念完、把孩子养大、把自己变老
青春时代,我曾幻想着环游世界
如今,连我居住的省份
我都没有走完

所谓付出,也非常简单
汗水里的盐、泪水中的苦
还有笑容里的花朵
我和岁月彼此消费
账目基本清楚

有三件事情
还是没有太大的改变

对诗歌的热爱,对亲人的牵挂
还有,提起真理两个字
内心深处,那份忍不住的激动

曹宇翔(1957—)

山东兖州人

祖国之秋

今日你徒步走进秋天的广场
深秋了,天已转凉,菊花开放
风把四个湛蓝的湖泊运向空中
空中,缓缓驶过云霞船队
空中,雁翅划动季节的双桨

用歌声迎接大地起伏的歌声
在澄明的秋天你看见所有人民
城市、乡村、太平洋的波浪
甚至看到你远逝的童年,祖母
干草垛,一个孩子摇响铃铛

这原野、河流,这落叶、果实
每天,广场升起一面旗帜
每天,土地长出一轮光芒

一切都是值得的,内心幸福
你笑了,想起曾有的一个梦想

谁能不爱自己的祖国呢
"祖国",当你轻轻说出这个词
等于说出你的命运、亲人、家乡
而当你用目光说到"秋天"
那就是岁月,人生啊,远方

商震(1960—)

辽宁营口人

故　乡

火车带着我,驶离故乡
我不情愿,又必须这样

不知有多少人,和我一样
几年回来一次
把故乡长久地带到远方
为了生存,常常把他乡
委屈地喊作"故乡"

故乡不是户口本上的籍贯
不是难改的口音
是情感里的DNA

在他乡,高兴时
会不自觉地说家乡话

苦闷时,就想起童年的玩伴
当遭遇尴尬要离开谋生的城市
又回不到故乡时
那一滴酸楚的泪
会熬成盐

年过半百的人,常常感觉
太阳和月亮是一个温度
只有故乡,是埋伏着暗火的碳

火车急速地跑
我转过身,让脸与车头背向
并安慰自己：
我是倒退着离开故乡的

江一郎（1962—2018）

原名江健，浙江台州人

老　了

老了，牙齿没了
没牙的糟老头和没牙的老婆婆
让我们走吧，到乡下去
在有山有水的乡下，买块好地
种什么都行
什么都种不动了，让它荒着
草愿长多高就多高
花愿开多野就多野
这是我们的地
老了，走不动了
去溪边坐坐吧
溪水叮咚，多少美好的人和事
就这样被它带走
要是你有点伤感
我陪着一起伤感

要是你怀念初恋
我们相拥着怀念初恋
用没牙的嘴再一次亲吻
老了,都老了
天上的风吹去流云
像吹去从前的欲望
暮色徐徐降临,亲爱的老婆子
我要挨着你睡了
如果死了,你不要摇着我的尸体
哭到太阳升起
将我埋了吧,埋在
自己的地里,并恳请
土地将你也收去
我们一生热爱土地
死了,就让我们的白骨
赤裸裸地搂着
一万年,还爱着

午夜的乡村公路

在午夜,乡村公路异常清冷
月亮的光在黑暗的沙粒上滚动
偶尔一辆夜行货车
不出声地掠过
速度惊起草丛萤火
像流星,掉进更深的夜色
这时,有人还乡,沿着乡村公路
沉默着走到天亮
也有醒着村庄,目送出远门的人
趁夜凉似水
走向灯火熄灭的远处

刘立云（1954— ）

江西井冈山人

听某老将军说八年抗战

他们用比我们提前一百年的钢铁打我们
又用比我们退化三千年的
野蛮、凶悍和残暴
杀我们。他们训练有素，精通操典
和武士道，枪法百步穿杨
如若陷入绝境，不惜刎颈、切腹、吞剑

只有熬。只有在血泊里熬，在刀刃上熬
只有藏进山里熬，钻进青纱帐里
熬。只有把城市熬成废墟
把村庄熬成焦土，把黄花姑娘熬成寡妇
只有在五十个甚至一百个胆小的
人中，熬出一个胆大的
不要命的。只有把不要命的送去打仗
熬成一个个烈士。只有就像熬汤那样熬

熬药那样熬。或者像炼丹

炼铁,炼金,炼接骨术和不老术

只有熬到死,只有死去一次才不惧死

只有熬到大象不再是大象

蚂蚁不再是蚂蚁

只有熬到他们日薄西山,我们方兴未艾

只有把一个大海熬成一锅盐,一粒盐……

汪国真(1956—2015)

北京人

热爱生命

我不去想是否能够成功
既然选择了远方
便只顾风雨兼程

我不去想能否赢得爱情
既然钟情于玫瑰
就勇敢地吐露真诚

我不去想身后会不会袭来寒风冷雨
既然目标是地平线
留给世界的只能是背影

我不去想未来是平坦还是泥泞
只要热爱生命
一切,都在意料之中

大解（1957— ）

原名解文阁，河北青龙人

百年之后
——致妻

百年之后　当我们退出生活
躲在匣子里　并排着　依偎着
像新婚一样躺在一起
是多么安宁

百年之后　我们的儿子和女儿
也都死了　我们的朋友和仇人
也平息了恩怨
干净的云彩下面走动着新人

一想到这些　我的心
就像春风一样温暖　轻松
一切都有了结果　我们不再担心
生活中的变故和伤害

聚散都已过去 缘分已定
百年之后我们就是灰尘
时间宽恕了我们 让我们安息
又一再地催促万物重复我们的命运

田禾(1965—)

原名吴灯旺,湖北大冶人

喊故乡

别人唱故乡,我不会唱
我只能写,写不出来,就喊
喊我的故乡
我的故乡在江南
我对着江南喊
用心喊,用笔喊,用我的破嗓子喊
只有喊出声、喊出泪、喊出血
故乡才能听见我颤抖的声音

看见太阳,我对着太阳喊
看见月亮,我对着月亮喊
我想,只要喊出山脉、喊出河流
就能喊出村庄
看见了草坡、牛羊、田野和菜地
我更要大声地喊。风吹我,也喊

站在更高处喊
让那些流水、庄稼、炊烟以及爱情
都变作我永远的回声

五.

吕德安(1960—)
福建人

父亲和我

父亲和我
并肩走着
秋雨稍歇
和前一阵雨
好像隔了多年时光

我们走在雨和雨的
间歇里
肩头清晰地靠在一起
却没有一句要说的话

我们刚从屋子里出来
所以没有一句要说的话
这是长久生活在一起
造成的

滴水的声音像折下的一条细枝条

像过冬的梅花
父亲的头发已经全白
但这近乎于一种灵魂
会使人不禁肃然起敬

依然是熟悉的街道
熟悉的人要举手致意
父亲和我都怀着难言的恩情
安详地走着

1982年

黄永玉(1924—)
　　湖南省常德人

我认识的少女已经死了

我认识的少女已经死了,
她不是站在小河对岸的
　　　　那个少女,
虽然她们都一样的美丽年轻。

我认识的少女已经死了,
为了悼念一位伟大的死者,
她为悼念而牺牲。

我认识的少女是那么纤弱,
她曾经怕过老鼠和小虫,
却完成了一个壮丽的献身。

有谁知道她死在何方?
有谁看过那最后的一双

等待黎明的眼睛？

在小河对岸
　　　站立着一个少女，
但我认识的少女已经死了。

虽然她也曾在河岸上
　　　凝眸黄昏。

为了不让所有的少女
　　　再有那不幸的未来，
让我们男人们为战斗而死吧！
即使死一万次也行！

孙静轩(1930—)

原名孙业河,山东肥城人

海 鸥

……那时,我年轻,喜欢在海滩上散步,
我总是用孩子的眼光,望着那飞翔的海鸥,
我觉得它多情、温柔而又缠绵,
情人一般地迷恋着远航的水手;
而当天真的童年梦幻也似地消逝,
在风浪的颠簸中,我走过了一段漫长的路,
我才真正看见了它,而不是臆想的海鸥,
它不是缠绵的情人,
既不多情,也不温柔,
它是大海的精灵,智与力的化身,
它在浪尖上诞生,又在风暴中成熟,
你看,它刚刚经历了风浪的惊险,
又在涌的颠簸里,冲向那密云深处……

马丽华(1953—)

山东济南人,原籍江苏邳州

等待日出

让目光翻越那山
迎迓日出

为东方的草原
镶好了绯色的滚边
他就要踩着红地毯来了么
那宇宙与我共有的
　　永恒的灯

伫立于草滩,久久地
知道他太遥远
而相信光芒可及温热可及
哦足够了。让
　　我的心为他激动或是宁静
　　我的爱因他升华或更加深沉

让目光翻越那山
迎迓生命的日出

被戕害的心灵愈益脆弱
脆弱得经不住幻灭感的诱惑
当那小船被引向沉沦的寒泉
太阳风重新荡开命运之帆
真该最后作一次非分之想
朝向他黄金的岸远航
太阳太阳
让我们互不设防

太阳升起半圆
如眉眼的微笑
我属于他,我要以背脊偎向他
高高地张开左臂和右臂
摄一张顶天立地的逆光照
噢,草原——太阳——
　　黑色剪影的我

梅绍静(1948—　)
四川广安人

陕北腰鼓

是因为来自贫穷的凄惶之中吗?
它带着多么热烈的迸发的欢乐!
这蕴藏在黄土下的春雷啊,
腾腾踏踏地响来,震动着沟沟壑壑!

阵阵黄河浪似的鼓点儿,
推涌多少庄稼汉在大路上走过。
这是劳动人一年之余的自我娱乐啊,
这是四季欢声笑语的聚合。

大鹏鸟似的打鼓人,
展开了他们的翅膀飞起又飞落。
是他们旋转着暖风阳气啊,
是他们播撒着初春的花朵!

敲吧,跳着敲,舞着敲,
敲得人人心里都发热!
多希望金黄的土地做我们的鼓面,
敲出最扎实最宽广的欢乐……

胡宏伟(1953—)

出生于辽宁沈阳

长江之歌

你从雪山走来,
春潮是你的风采;
你向东海奔去,
惊涛是你的气概。
你用甘甜的乳汁,
哺育各族儿女;
你用健美的臂膀,
挽起高山大海。
我们赞美长江,
你是无穷的源泉;
我们依恋长江,
你有母亲的情怀。

你从远古走来,
巨浪荡涤着尘埃;

你向未来奔去,
涛声回荡在天外。
你用纯洁的清流,
灌溉花的国土;
你用磅礴的力量,
推动新的时代。
我们赞美长江,
你是无穷的源泉;
我们依恋长江,
你有母亲的情怀。

写于1983年

汤养宗(1959—)

福建霞浦人

平安夜

窗前的白玉兰,身上没有魔术,今夜平安。
更远的云朵,你是可靠的(说到底,我心中也没数,
并有了轻轻的叹息)未见野兽潜伏,今夜平安。
云朵后面是星辰,仍然有恒定的分寸,悦耳,响亮
以及光芒四射的睡眠。今夜平安。
比星辰更远的,是我的父母。在大气里面坐着
有效的身影比空气还空,你们已拥有更辽阔的祖国
父亲在刮胡子,蓝色的。母亲手里捏一只三角纽扣
那正是窗前的花蕾——今夜平安。

黄灿然(1963—)

生于福建泉州,现居香港

献给妻子

很久了,我没有给你写诗,
你曾是我灵感的唯一源泉;
在我这久经风浪的心底
仍时常激荡着我们的初恋;

但是我的心实在是衰老了,
因为它过早地遇到了风暴
并从多次的险境中逃脱,
我怎能不抒发这种逼迫?

现在我在异乡艰苦劳动,
为了让你的双手与众不同:
以前没有受过磨难,以后

也将永远闲置在安适之中:

繁重的工作就是我的情诗,
所有的成果全部献给你。

陈超（1958—2014）
祖籍河北鹿泉，生于山西太原

秋日郊外散步

京深高速公路的护栏加深了草场，
暮色中我们散步在郊外干涸的河床，
你散开洗过的秀发，谈起孩子病情好转，
夕阳闪烁的金点将我的悒郁镀亮。

秋天深了，柳条转黄是那么匆忙，
凤仙花和草钩子也发出干燥的金光……
雾幔安详缭绕徐徐合上四野，
大自然的筵宴依依惜别地收场。

西西，我们的心苍老的多么快，多么快！
疲倦和岑寂道着珍重近年已频频叩访。
十八年我们习惯了数不清的争辩与和解，
是啊，有一道暗影就伴随一道光芒。

你瞧，在离河岸二百米的棕色缓丘上，
乡村墓群又将一对对辛劳的农人夫妇合葬；
可就记得十年之前的夏日，
那儿曾是我们游泳后晾衣的地方？

携手漫游的青春已隔在岁月的那一边，
翻开旧相册，我们依旧结伴倚窗。
不容易的人生像河床荒凉又发热的沙土路，
在上帝的疏忽里也有上帝的慈祥……

1998年

臧棣(1964—)

原名臧力,北京人

赞　美

骑着月光,赞美
来到我用双手抚摸过的地方
来到我的花园:一本打开的书
暴露出它轻颤的乳房。从那里
散发出的芳香弥漫
一直渗进记忆嗡嗡鸣叫的躯体之中

骑着月光的马匹
像一个陌生的女人
赞美来到这座城市午夜的肩头
我白皙的手指正栖息在那里

赞美来到:像一个周末聚会上
最后一位推开房门的客人,一位用迟到
从日常生活的悬念中制造出诱惑的艺术家

因为我们之中有人已感到失望
另一些已怀疑她还会不会赴约
甚至认真到打了赌

这与一个神秘的邀请多少有关
赞美来到。在哲学的海关
没有遇到任何麻烦。一次早已策划好的旅行
但对于我,它更像是一次叙旧

赞美来到。它是另一种赞美
与常见的赞美:一个漂亮的面庞
对于世界所显现的含义无关
因为彗星已提前擦亮了我的眼睛
但是很遗憾:没什么值得赞美的事情
更不要说奇迹。尽管是此刻,尽管是在深夜

沈苇（1965— ）

浙江湖州人

雪　后

一切都静寂了
原野闪闪发光，仿佛是对流逝的原谅

一匹白马陷在积雪中
它有梦的造型和水晶的透明

时光的一次停顿。多么洁白的大地的裹尸布！
只有鸟儿铅弹一样嗖嗖地飞

死也是安宁的，只有歌声贴着大地
在低声赞美一位死去的好农夫

原野闪闪发光。在眩晕和颤栗中
一株白桦树正用人的目光向我凝望

在它开口之前,在它交出体内的余温之前
泪水突然溢满了我的双眼

欢　迎

我欢迎风

吹走尘土,清洁我的路

我欢迎雨水

我已准备好一小块地、几把麦种

我欢迎日出

金色的犁轻轻划过我身体

使我疼痛并且喜悦

作为一名黄昏爱好者,我欢迎

紧接着来到的夜晚

它使我身心自由,充满想象

成为陌生而吃惊的另一个

我欢迎爱情

因为最好的诗篇属于女性的耳朵

但新的爱情要向旧的爱情致歉

我欢迎四季,特别是冬天

思想在寒冷中结晶

灵魂在受难中坚硬
我欢迎大海上漂来的帆
(它来自一个人的童年)
虽然落日孤烟的大漠才是最后的栖息地
我欢迎全部的命运
这神奇的不可捉摸的命运
这忙碌的永不停息的命运
像水蛭,我牢牢吸住它的身体
直到把它变成自己的一部分
哦,我欢迎我的一生
这残缺中渐渐来到的圆满

小海(1965—)

原名涂海燕,江苏海安人

想念亲人

她每天等着我回来
在楼上一个固定的窗口
从她的角度
能够看见我
我却不能看到她
然后,熟悉的脚步声
从楼道里向上传递
在此之前
她已忙完了手上的事情
耐心和时间一起分享着
不用我敲门
她已为我打开家门
她做的饭菜不停地冒着热气
我的米饭和筷子
摆放在固定的位置上……

我的好妈妈不在我身边
可是我知道她在等着我
当她站在窗口的时候
这一天我就不会离开
今天,我站在她的位置上
透过围墙,看见远处静静的河水
在太阳下闪烁着细碎的波光……

李南(1964—)
青海人

瓦蓝瓦蓝的天空

那天河北平原的城市,出现了
瓦蓝瓦蓝的天空
那天我和亲爱的,谈起了青海故乡

德令哈的天空和锦绣,一直一直
都是这样。
有时我想起她,有时又将她遗忘

想起她时我的心儿就微微疼痛
那天空的瓦蓝,就像思念的伤疤
让我茫然中时时惊慌

忘记她时我就踅身走进黯淡的生活
忙碌地爱着一切,一任巴音河的流水
在远处日夜喧响。

叶舟(1966—)
甘肃兰州人

古战场

我已经忘记了回去的路
耐心地守望你们,我的先人

从前的河流从前的天空
从前的石头
蓝幽幽的地下
你们纵马隆隆,近离老家
金色的铠甲浮起透明的忧伤
一口断剑
插进美丽的心房
为什么临死你们还用嘴唇
眺望一株老树
远在上个世纪被征的眼睛们
飘满异族的气息
我的先人们,在月光下的地里赤脚奔跑

一遍遍寻找着种子和花朵

唯一的子孙
遗留在硝烟已尽的战场
你们飘飘的呼唤,舞蹈的灵火
拥向我时
我弯下腰,挥动飞镰
七月收麦
八月割谷
碧空茫茫落叶萧萧
我和仇人的后代端坐于麦场
把大梁架上屋顶
把牛羊圈进栅栏
在黄昏的山冈我们紧紧拥抱
唱起自然的和平

车延高（1956— ）

山东莱阳人

提心吊胆地爱你

现在可以告诉你了，小时候

为什么不给你穿漂亮的衣裳

为什么剪了你的小辫留个男孩发式

爸爸不是重男轻女

只是你从小就和你妈一样的漂亮

漂亮的女孩子是件瓷器

怕人不小心或存心碰了

一地碎片就是父母永远的心痛

所以给你朴素

把天生丽质藏起来

让周围的眼睛忽视你

爸爸妈妈忙，不能每时每刻照看你

就用最笨的办法，禾草盖珍珠

你听了一定笑，笑吧

我们当时就这么提心吊胆地爱你

张万舒（1938—　）

原名张清海，安徽肥西人

日　出

踏云穿雾我登上天都峰顶，
为了欢迎你伟大庄严的生命，
大海鼓起百万排巨浪，
像海底爆炸千声惊雷，
你，轰轰烈烈地诞生！

出海就是光芒万丈
照得环天都是火一般的金云，
谁能阻拦你啊，
宇宙敞开壮阔的胸怀，
任你鼓动金翼飞升！

紫色的群峰，苍郁的森林，
力的列车，火的飞轮，
千座大厦，万柱烟囱，

一齐从我亲爱的土地上崛起、跃动,
向着你隆隆地奔腾……

在你的光辉下,万类吐金,
生活的春潮在猛涨,战旗滚如云,
有壮阔的天宇,有东风压阵,
飞啊,飞向最理想的高度,
焕发最强烈的光明!

黑大春(1960—)

原名庞春清,北京人,祖籍山东

秋日咏叹

我醉意朦胧游荡在秋日的荒原
带着一种恍若隔世的惆怅和慵倦
仿佛最后一次聆听漫山遍野的金菊的号声
丝绸般静止的午后米酿的乡愁

原始的清醇的古中华已永远逝去
我再不会赤着脚返回那大泽的往昔
在太阳这座辉煌的寺庙前在秋虫祷告声中
我衔着一枚草叶,合上了眺望前世的眼睛

故国呵!我只好紧紧依恋你残存的田园
我难分难舍地蜷缩在你午梦的琥珀里面
当远处湖面偶尔传来几声割裂缭绫的凄厉
那是一种名贵的山喜鹊呵!她们翎羽幽蓝

到了饮尽菊花酒上路的时候了
那棵梧桐像位知心好友远远站在夕阳一边
再次回过头,疏黄的林子已渐渐暗下来
风,正轻抚着我遗忘在树枝上黑色绸衫

树才(1965—)

浙江奉化人

雅 歌

六点钟,天空把我蓝透
凭什么?它的辽阔和虚静
我为什么这么早早地醒来?
我的嘴唇上为什么有甜味?
噢,伟大的美梦,爱——
我醒来是因为梦见了你
我梦见你是因为我会做梦
就在我以为一切落空时
你却笑着出现在我眼前
这就是太阳的隐喻吧
但你美妙的名字叫月亮
爱你,就是我后半生的事业
对你的挂念,操心和祈祷
充实着我每天的每一件事
此刻,我望着天空的一无所有

想着我此生的一无所有
是的,我仍然两手空空
但上帝把月亮都指给我了
是的,我仍然心存念想
菩萨说你就念这一个人吧
世界上有万物,你是一
人心中有万念,你是一
在我飞满梦想的心空中
只有你叫月亮
其他都是星星
我,一粒微尘,一缕风
就让我在你周围飞吧
因为你是发光体,你是!

2013年

北野(1963—)

原名刘炜,生于陕西蒲城

一群麻雀翻过高速公路

一群麻雀翻过高速公路
你追我赶,好像有什么喜事叼在嘴上
迫不及待地哄抢着

我羡慕其中领头的那一只
它的嗓子最鼓,翅膀最硬
脑袋里的坏点子肯定也最多

但我最爱飞在末尾的那一只
瞧它多么依恋那个群体啊
拼着命也要跟上自己的族类!

而我更爱,麻雀飞过的那片天空
它看着自己的灰孩子被人类仰望
辽阔的爱心里闪着,悲悯的光

杨如雪（1965— ）
辽宁盘锦人

我走在路上

我不疑心少年只是疑心老人
酷似你亲切熟悉的背影

怎么可能
这里是外省
阳光和世界整整远了几千里地
妈妈，我小声地叫
我总是会叫错
有时候我还会追上去
这个世界上，所有矮小的驼背的
戴灰色头巾的老妇人
都会令我发生错觉

令我的视线
依稀模糊起来

使我冷酷的心
一下子变得温柔
她们常常回过头
端详我半天,怎么了,孩子

妈妈,我小声地叫
周围的空气一片寂静

冉仲景(1966—)
重庆酉阳人

芭茅满山满岭

她们满头的白发
与青春究竟相距多远
她们风中摇曳的姿影
与幸福和美梦有没有关联

昨夜,我告别母亲
沿着河流的方向远行
今天,我回到家乡
就看见了芭茅满山满岭

一边掐指计算儿的行程
一边偷抹脸上的泪痕
谁能像母亲那样把儿牵挂
只有芭茅,只有芭茅

为给高粱让出小块土地
傻到了不剩一丝芳馨
谁能像芭茅那样宽厚坚韧
只有母亲,只有母亲

路也(1969—)

本名路冬梅,山东济南人

木　梳

我带上一把木梳去看你

在年少轻狂的南风里

去那个有你的省,那座东经118度北纬32度的城。

我没有百宝箱,只有这把桃花心木梳子

梳理闲愁和微微的偏头疼。

在那里,我要你给我起个小名

依照那些遍种的植物来称呼我:

梅花、桂子、茉莉、枫杨或者菱角都行

她们是我的姐妹,前世的乡愁。

我们临水而居

身边的那条江叫扬子,那条河叫运河

还有一个叫瓜洲的渡口

我们在雕花木窗下

吃莼菜和鲈鱼,喝碧螺春与糯米酒

写出使洛阳纸贵的诗

在棋盘上谈论人生

用一把轻摇的丝绸扇子送走恩怨情仇。

我常常想就这样回到古代,进入水墨山水

过一种名叫沁园春或如梦令的幸福生活

我是你云鬓轻挽的娘子,你是我那断了仕途的官人。

2004年9月

荣荣(1964—)

原名褚佩荣,生于浙江宁波

爱 情

已有些年了
我在诗中回避这个词
或由此引起的暗示和暖色
她是脆弱的　抵不住
一根现实的草茎
又像没有准星的秤
当我揉亮眼睛
她的直露让我羞赧
她的无畏让我胆怯
我曾因她的耀眼而盲目
如今又因清醒而痛楚
这个词　依然神圣
但对着你　我总是嘲笑
我一再地说　瞧
那些迷信爱情的家伙

等着哭吧　有她受的！
可是　我知道
我其实多么想是她
就像那个从前的女孩
飞蛾般地奔赴召唤

六

吉狄马加(1961—)

四川凉山人

自画像

> 风在黄昏的山冈上悄悄对孩子说话
> 风走了,远方有一个童话等着它
> 孩子留下你的名字吧,在这块土地上
> 因为有一天你会自豪地死去
> ——题记

我是这片土地上用彝文写下的历史
是一个剪不断脐带的女人的婴儿
我痛苦的名字
我美丽的名字
我希望的名字
那是一个纺线女人
千百年来孕育着的
一首属于男人的诗

我传统的父亲

是男人中的男人

人们都叫他支呷阿鲁

我不老的母亲

是土地上的歌手

一条深沉的河流

我永恒的情人

是美人中的美人

人们都叫她呷玛阿妞

我是一千次死去

永远朝着左睡的男人

我是一千次死去

永远朝着右睡的女人

我是一千次葬礼开始后

那来自远方的友情

我是一千次葬礼高潮时

母亲喉头发颤的辅音

这一切虽然都包含了我

其实我是千百年来

正义和邪恶的抗争

其实我是千百年来

爱情和梦幻的儿孙

其实我是千百年来
一次没有完的婚礼
其实我是千百年来
　　一切背叛
　　　　一切忠诚
　　一切生
　　　　一切死
啊,世界,请听我回答
我——是——彝——人

我爱她们……
——写给我的姐姐和姑姑们

我喜欢她们害羞的神情
以及脖颈上银质的领牌
身披黑色的坎肩
羊毛编织的红裙
举止是那样的矜持
双眸充满着圣洁
当她们微笑的时候
那古铜般修长的手指
遮住了她们的白齿与芳唇

在我的故乡吉勒布特
不知有多少痴迷的凝视
追随着那梦一般的身姿
她们高贵的风度和气质
来自于我们古老文明的精华
她们不同凡响的美丽和庄重
凝聚了我们伟大民族的光辉!

西川（1963— ）

原名刘军，江苏徐州人

广场上的落日

那西沉的永远是同一颗太阳
——古希腊诗行

青春焕发的彼得，我要请你：
看看这广场上的落日
我要请你做一回中国人
看看落日，看看落日下的山河

山崖和流水上空的落日
已经很大，已经很红，已经很圆
巨大的夜已经凝聚到
灰色水泥地的方形广场上

这广场是我祖国的心脏
那些广场上自由走动的人

像失明的蝙蝠
感知到夜色临降

热爱生活的彼得,你走遍了世界
你可知夜色是一首哀伤的诗
能看懂落日的人
已将它无数次书写在方形广场

而那广场西边的落日
正照着深红色的古代宫墙
忧郁的琴声刮过墙去
广场上走失了喝啤酒的歌王

我要给落日谱一首新歌
让那些被记忆打晕的姐妹们恰似
向日葵般转动她们金黄的面孔
我的谣曲就从她们的面孔上掠过

啊,年轻的彼得,我要请你
看看这广场上的落日
喝一杯啤酒,我要请你
看看落日,看看落日下的山河

在哈尔盖仰望星空

有一种神秘你无法驾驭
你只能充当旁观者的角色
听凭那神秘的力量
从遥远的地方发出信号
射出光来,穿透你的心
像今夜,在哈尔盖
在这个远离城市的荒凉的
地方,在这青藏高原上的
一个蚕豆般大小的火车站旁
我抬起头来眺望星空
这时河汉无声,鸟翼稀薄
青草向群星疯狂地生长
马群忘记了飞翔
风吹着空旷的夜也吹着我
风吹着未来也吹着过去
我成为某个人,某间
点着油灯的陋室
而这陋室冰凉的屋顶

被群星的亿万只脚踩成祭坛
我像一个领取圣餐的孩子
放大了胆子,但屏住呼吸

杜　甫

你的深仁大爱容纳下了
那么多的太阳和雨水;那么多的悲苦
被你最终转化为歌吟
无数个秋天指向今夜
我终于爱上了眼前褪色的
街道和松林
在两条大河之间,在你曾经歇息的
乡村客栈,我终于听到了
一种声音:磅礴,结实又沉稳
有如茁壮的牡丹迟开于长安
在一个晦暗的时代
你是唯一的灵魂
美丽的山河必须信赖
你的清瘦,这易于毁灭的文明
必须经过你的触摸然后得以保存

你有近乎愚蠢的勇气

倾听内心倾斜的烛火

你甚至从未听说过济慈和叶芝

秋风,吹亮了山巅的明月

乌鸦,撞开你的门扉

皇帝的车马隆隆驰过

继之而来的是饥饿和土匪

但伟大的艺术不是刀枪

它出于善,趋向于纯粹

千万间广厦遮住了地平线

是你建造了它们,以便怀念那些

流浪中途的妇女和男人

而拯救是徒劳,你比我们更清楚

所谓未来,不过是往昔

所谓希望,不过是命运

于坚(1954—　)
云南昆明人

南高原

太阳在高山之巅
摇着一片金子的树叶
怒江滚开一卷深蓝色的钢板
白色的姑娘们在江上舞蹈
天空绷弯大弓
把鹰一只只射进森林
云在峡谷中散步
林妖跑来跑去拾着草地上的红果
阳光飞舞着一群群蓝吉列刀片
刮亮一块块石头　一株株树干
发情的土地蜂拥向天空
蜂涌向阳光和水
长满金子的土地啊
长满糖和盐巴的土地啊
长满神话和公主的土地啊

风一辈子都穿着绿色筒裙
绣满水果白鹭蝴蝶和金黄的蜜蜂
月光下的大地披着美丽的麂皮
南高原的爱情栖息在民歌中
年轻的哲学来自大自然深处
永恒之美在时间中涅槃
南高原　南高原
在你的土地上
诗人或画师都已死去或者发疯
南高原　南高原
多情的母兽　人类诞生之地
生命之弦日夜奏鸣
南高原　南高原
那一天我在你的红土中睡去
醒来时我已长出绿叶

1983年

韩东(1961—)

南京人

温柔的部分

我有过寂寞的乡村生活
它形成了我生活中温柔的部分
每当厌倦的情绪来临
就会有一阵风为我解脱
至少我不那么无知
我知道粮食的由来
你看我怎样把清贫的日子过到底
并能从中体会到快乐
而早出晚归的习惯
捡起来还会像锄头那样顺手
只是我再也不能收获些什么
不能重复其中每一个细小的动作
这里永远怀有某种真实的悲哀
就像农民痛哭自己的庄稼

张子选(1962—)

祖籍辽宁抚顺,生于云南

大学毕业那年我去西部走了走

大学毕业那年我去西部走了走
沿阿尔金山一带走了走
寄宿在一间石头屋子里
和身佩腰刀的哈萨克人吃手抓肉
夜里挨着牛粪火躺下凝视半堵石墙
主人家的女儿天天赶着羊群爬对面那些山冈
然后回到家里在我隔壁
一个劲地漂亮
她知道每条路的走向
知道一座山需要屏声敛气的地方
在我还没去过的地方
她骑在马上
她牧羊的那些山里有时候我也去
坐在那些山顶上想一阵远在各地的朋友
呜哩哇啦乱唱一气

然后沉默不语

牧羊的小姑娘在我身边升火做饭面色安详

她的羊群正漫过山冈

在那段日子里有时我会长时间静静地

看头上的云彩四处飘荡

等待巨大的天空中发出奇特的声响

此后世界上的每一朵云彩都开始难忘

记得大学毕业那年我出去走了走

走了很远和很久

西北偏西

西北偏西，

一个我去过的地方

没有高粱没有高粱也没有高粱

羊群啃食石头上的阳光

我和一个牧羊人互相拍了拍肩膀

又拍了拍肩膀

走了很远这才发现自己

还不曾转过头去回望

心里一阵迷惘

天空中飘满了老鹰们的翅膀

提起西北偏西

我时常满面泪光

雷平阳(1966—)

云南昭通人

亲　人

我只爱我寄宿的云南,因为其他省
我都不爱;我只爱云南的昭通市
因为其他市我都不爱;我只爱昭通市的土城乡
因为其他乡我都不爱……

我的爱狭隘、偏执,像针尖上的蜂蜜
假如有一天我再不能继续下去
我会只爱我的亲人——这逐渐缩小的过程
耗尽了我的青春和悲悯

李少君(1967—)

湖南湘乡人

神降临的小站

三五间小木屋
　　泼溅出一两点灯火
我小如一只蚂蚁
今夜滞留在呼伦贝尔大草原中央
　　的一个无名小站
独自承受凛冽孤独但内心安宁

背后,站着猛虎般严酷的初冬寒夜
再背后,横着一条清晰而空旷的马路
再背后,是缓缓流淌的额尔古纳河
　　在黑暗中它亮如一道白光
再背后,是一望无际的简洁的白桦林
　　和枯寂明净的苍茫荒野
再背后,是低空静静闪烁的星星
　　和蓝绒绒的温柔的夜幕

再背后,是神居住的广大的北方

我是有大海的人

从高山上下来的人
会觉得平地太平淡没有起伏

从草原上走来的人
会觉得城市太拥挤太过狭窄

从森林里出来的人
会觉得每条街道都缺乏内涵和深度

从大海上过来的人
会觉得每个地方都过于压抑和单调

我是有大海的人
我所经历过的一切你们永远不知道

我是有大海的人

我对很多事情的看法和你们不一样

海鸥踏浪,海鸥有自己的生活方式
沿着晨曦的路线,追逐蔚蓝的方向

巨鲸巡游,胸怀和视野若垂天之云
以云淡风轻的定力,赢得风平浪静

我是有大海的人
我的激情,是一阵自由的海上雄风
浩浩荡荡掠过这一个世界……

张执浩(1965—)

湖北荆门人

糖　纸

我见过糖纸后面的小女孩
有一双甜蜜的大眼睛
我注意到这两颗糖:真诚和纯洁

我为那些坐在阳光里吃糖的
孩子而欣慰。她们的甜蜜
是全人类的甜蜜
是一切劳动的总结
肯定,和赞美

镶嵌在生命中,像
星星深陷于我们崇拜的浩空

像岁月流尽我们的汗水,只留下
生活的原汁

我注意到糖纸后面的小女孩
在梦中长大成人
在甜蜜波及到的梦中
认识喜悦
认清甘蔗林里的亲人
认定糖纸上蜜蜂憩落的花蕊,就是
欢乐的故居

我在糖纸上写下你的名字:小女孩
并幻想一首终极的诗歌
替我生养全人类最美丽的女婴

高原上的野花

我愿意为任何人生养如此众多的小美女
我愿意将我的祖国搬迁到
这里,在这里,我愿意
做一个永不愤世嫉俗的人
像那条来历不明的小溪
我愿意终日涕泪横流,以此表达

我愿意,我真的愿意
做一个披头散发的老父亲

侯马(1967—)

原名衡晓帆,山西侯马人

麻雀。尊严和自由

这样的诗句让我心领神会
"一出门,就能看到亲戚和麻雀"

没有深切的乡村体验
就不知道卑微的麻雀多有尊严

有谁见过:
笼中的麻雀

只有踢翻的米盅
和一具横倒的尸体

抓过雏雀的手
会终生出汗 拿不稳刀剑

它离人类最近了
但永远是邻邦，绝非家奴

饱经沧桑的人知道
他们是自由的精灵

没有道义可以审判不羁的灵魂
甚至良知也对不住自由的追求

古马(1966—)

甘肃凉州人

青海的草

二月啊,马蹄轻些再轻些
别让积雪下的白骨误作千里之外的捣衣声

和岩石蹲在一起
三月的风也学会沉默

而四月的马背上
一朵爱唱歌的云散开青草的发辫
青青的阳光漂洗着灵魂的旧衣裳
蝴蝶干净又新鲜

蝴蝶蝴蝶
青海柔嫩的草尖上晾着地狱晒着天堂

黄梵（1963— ）

原名黄帆,湖北黄冈人

中　年

青春是被仇恨啃过的,布满牙印的骨头
是向荒唐退去的,一团热烈的蒸汽
现在,我的面容多么和善
走过的城市,也可以在心里统统夷平了

从遥远的海港,到近处的钟山
日子都是一样陈旧
我拥抱的幸福,也陈旧得像一位烈妇
我一直被她揪着走……

更多青春的种子也变得多余了
即便有一条大河在我的身体里
它也一声不响。年轻时喜欢说月亮是一把镰刀
但现在,它是好脾气的宝石
面对任何人的询问,它只闪闪发光……

李晓梅(1963—)

江苏南京人,祖籍山东昌邑

苦　楝

注意你
是在一个冬天的早晨

当我在树下看大雪初晴
天空蓝得宝石般透明
一串串蜡黄的果子
像结了冰的樱桃垂在天顶
是一切都随风而去
才让我看见你
是大雪改变了你的颜色
还是我从来就没看到过什么

苦楝记得春天早已过去了
你郁郁的幽香
仍使绵绵的雨浓如花露

当你的馥郁在夏夜使熏风绛紫
我举着烛焰如手捧花蕊恍恍惚惚
苦楝都说你紫色的花
开得太小太晚
浓浓的药一般不知苦苦恋着什么
于是在大雪铺地的清晨
一碧如海的蓝天衬托着
你不知何时结下的果实
亮出了蜡梅的颜色
玉石的光泽

当积雪压断了苦恋的枝柯
重又飘起的雪花纷纷化蝶

李轻松（1964— ）

辽宁凌海人

爱上打铁这门手艺

爱上铁这种物质
爱上一门手艺。爱上那种气味
带着一种沉迷的香气

带着一种迸溅的状态，我向上烧着
我的每个毛孔都析出了盐
我咸味地笑着，我把它们都错认为珍珠
我听见了它们撒落在皮肤上的声音
简直美到了极致！

有一种痛是迷人的。有一种痛
是把通红的铁伸进水里
等待着"哧啦"一声撕开我的心
等待着先痛而后快

我每天都推开"生活"这道门
与"平庸"相撞,而我抗拒的方式
却是越来越少,我的铁质也越来越少
连骨头里都是厌倦
我感冒,咳嗽,腰椎里藏着骨刺
肺里也堆积着黑洞和尘土

请把我的血肉和精神放在一起
让血肉欢聚 也让精神欢聚
我血里的沉渣全都泛起
被精心地打造成精品
我不知道坚硬的铁可以这么软
不知道铁可以像水一样地流
它流到我的嘴唇上,我就亲吻
流到我的骨缝里,我就战栗
而灵感像一只拿捏的手
我被打出一把锋利的匕首
还是一枚绣花针
都由不得我

今年夏天,我学会了打铁这门手艺
今年夏天,我以一位铁匠自居
面对着炭火与水
我坚硬如铁

亲爱的,有话跟铁说吧

在与铁的对话中,我们显得过于生涩
摸着石头却过不了河
因为我们需要省略的过程太多

你看火焰这么高,而比火焰更高的
是今年夏天的温度。我们直奔主题
躲过那些枝枝蔓蔓的细节
躲过那一场雨。如果我们绕过去
经过背景的铺陈,那么铁就凉了
来吧,亲爱的,我有好熔炉
有什么话,就跟铁说吧

一些铁器原本都已经生锈
一些火,变得奄奄一息
有谁还能从这锈迹里抽出锋芒
从这灰烬里抽出刀?
让我们彼此致命地痛击吧
让灰尘散落,肉体露出它的本色

让心灵破碎,所有深刻的思想不再发声

当铁锤在我头顶呼啸,骨骼颤抖
我以铁的身份与你相遇,与火相遇
类似一场彻底的狂欢,只是我们没戴面具
铁从来不需要面具
而你用手艺说话,用铁质说话
我终于触摸到了那坚硬的部分
我们为什么不抱着铁放声大哭?

张维(1964—)
江苏常熟人

深夜看海

深夜看海　一个人
怎么顶得住这样的重压
不是海风寒彻
没有星月的关照与搀扶
一个人怎么扛得住如此浩大的黑暗

潮水涌上海滩　又缓缓退下
再次扑向海滩　再次哀伤地退下
你说　这无限的起伏　运动
　　　　与你何关
辛劳的是单薄的沙子
一个人沙子一样
怎么受得住大海无限的追问

只有海能承接海

上帝能承接上帝

一个人除非不是沙子
血液里流淌着海的元素
或者一个人不仅是一个人
一个人怀有 亲人
情人 丰盈的爱
内心激荡起伏 海鸥一样迎风起舞
一个人此刻才能深夜看海
一个深夜看海的人
是一个大海一样辽阔涵有光辉的人

杜涯(1968—)

河南许昌人

落 日

有一年深秋,在我放学回家的路上
在一片树林的后面,我看到了落日
有一刻我屏住了呼吸,世界一下子静极:
在遥远的地平线上,落日正
滚滚远去——好像一条
河流的远去
我面前的大地苍茫、空阔
晚风从树丛中吹过
仿佛宁静而凄凉的歌……

后来我长大了——
一年一年,我看到落日
一年一年,我看到落日在远去
没有人告诉我:落日的故乡
我也始终不知道

落日去了哪里

现在当我衰老,我想知道生命的归宿
世上的人,如果有谁知道我的故乡
他就会知道时间之箭的方向、沧桑、忧伤
如果有谁告诉我大地、彼岸、无限
他也就告诉了我星与星的距离、相望、长念
如果有谁能告诉我落日的去向
他就告诉了我,为什么我会在大地上驻留
驻留又漫游,然后苍茫、凋谢、西沉、飞翔……

陈先发（1967— ）

安徽桐城人

前 世

要逃，就干脆逃到蝴蝶的体内去
不必再咬着牙，打翻父母的阴谋和药汁
不必等到血都吐尽了。
要为敌，就干脆与整个人类为敌。
他哗地一下脱掉了蘸墨的青袍
脱掉了一层皮
脱掉了内心朝飞暮倦的长亭短亭。
脱掉了云和水
这情节确实令人震悚：他如此轻易地
又脱掉了自己的骨头！
我无限眷恋的最后一幕是：他们纵身一跃
在枝头等了亿年的蝴蝶浑身一颤
暗叫道：来了！
这一夜明月低于屋檐
碧溪潮生两岸

只有一句尚未忘记
她忍住百感交集的泪水
把左翅朝下压了压,往前一伸
说:梁兄,请了
请了——

李元胜(1963—)

四川武胜人

我想和你虚度时光

我想和你虚度时光,比如低头看鱼
比如把茶杯留在桌子上,离开
浪费它们好看的阴影
我还想连落日一起浪费,比如散步
一直消磨到星光满天
我还要浪费风起的时候
坐在走廊发呆,直到你眼中乌云
全部被吹到窗外

我已经虚度了世界,它经过我
疲倦,又像从未被爱过
但是明天我还要这样,虚度
满目的花草,生活应该像它们一样美好
一样无意义,像被虚度的电影
那些绝望的爱和赴死
为我们带来短暂的沉默

我想和你互相浪费
一起虚度短的沉默,长的无意义
一起消磨精致而苍老的宇宙
比如靠在栏杆上,低头看水的镜子
直到所有被虚度的事物
在我们身后,长出薄薄的翅膀

走得太快的人

走得太快的人
有时会走到自己前面去
他的脸庞会模糊
速度给它掺进了
幻觉和未来的颜色

同样,走得太慢的人
有时会掉到自己身后
他不过是自己的阴影
有裂缝的过去
甚至,是自己一直
试图偷偷扔掉的垃圾

坐在树下的人
也不一定刚好是他自己
有时他坐在自己的左边
有时坐在自己的右边
幸好总的来说
他都坐在自己的附近

黄斌（1968— ）
湖北赤壁人

中年识见

我曾经体验过很多美好的事物
有的甚至已经都忘了
现在有时突然想起来其中的一件
像把那种独特的美好
又重新经历了一遍
当然 我也经历过很多沮丧和
痛苦的事情 有时也会感到
被重新束缚于其间 我想
这就是一个感性生命普通的样态吧
现在的我 已人到中年
凡事无可无不可
排山倒海终敌不过云淡风轻
偶见天心月圆
我心宁静 一无所知

戈麦(1967—1991)

原名褚福军,祖籍山东巨野,生于黑龙江

四月的雪

四月,爱人提灯走过草原
山坳里,绵软的羊圈
海洋里,白色的卤盐
在牧羊人的眼里
春天绽放着节日的花圈

四月,风从荒凉的山冈上吹过
一个半神,在河上漫游
一个爱情的失眠者
走遍村庄里每一个温暖的角落
所有的花只为一个人盛开

四月,裹不住的皮袄
冬日的雪从独木桥上滚过
一连串爱情的劫数

像一串微弱的篝火
洁白的旗帜沿河岸展开

四月,从风里走向风里
从桥上走回桥上
当阳光最后一次,向大地奉献
当新婚的人踏歌归来
最后一次,我已失去挽回的权力

黄礼孩(1971—)

广东徐闻人

窗 下

这里刚下过一场雪
仿佛人间的爱都落在低处

你坐在窗下
窗子被阳光突然撞响
多么干脆的阳光呀
仿佛你一生不可多得的喜悦

光线在你思想中
越来越稀薄　越来越
安静　你像一个孩子
一无所知地被人深深爱着

金铃子(1972—)

原名蒋信琳,重庆人

望星空

夜空已不是昨夜那么空
繁星密布
月亮需要我往大的方向比喻
微风清逸,我对站在身边的儿子,背诵起诗
仰望是一种仪式
仰望时
自己和夜空,就像上帝一样重
你就能听到,从天外
发来的回声:谁能将北斗星搬动
谁就能移走光芒

他沉默,然后笑言
我要那么多光芒来干什么?
我只要自己的光
就够了

横行胭脂(1971—)

原名张新艳,湖北天门人

过风岭观落日

我很少凝望朝阳,但无数次凝望落日
有时候落日让我不知道怎么活

在蓝田金山过风岭
又一轮落日惊涛拍岸卷起我心千堆雪
我目睹它在狭窄的宇宙间死去
又在我孤寂的心间
一个词语一个词语宽阔地活回来

过风岭的风有多大,我不在意
原野上长多少种千年之草木,我不在意
我只在意过风岭仅以秦岭的一小段身份
也能培育出如此壮美的落日

每一轮落日最终都皈依了地平线

仿佛在讲述爱情

万千缕霞光扑入混沌苍莽

将不可救药的美埋伏在了我的心间

唐力(1970—　)
重庆大足人

缓慢地爱

我要缓慢地爱,我的爱人
当我坐在这个屋子里
我要缓慢地爱着这傍晚的夕光
从窗前移到窗台。我要缓慢地爱着
这些时间。我要把1小时换成
60分,把1分换成60秒
我要一秒一秒地爱你
就像我热爱你的头发,我也是
一根一根地爱,把它们
一根一根地从青丝爱成白发
而其他的人只会觉得,一瞬间
飞雪就落满了你的头颅
就像我在你的眼角,热爱你的鱼尾纹
我也用60年的光阴,一丝一丝地
热爱。

就像我们并排而坐
我们中间有0.5米的距离
我就会把它分成500毫米,一毫米
一毫米地热爱。仿佛永远没有尽头
就像在艰苦的日子里,我爱你的泪水
我也是一滴、一滴地热爱……

在我缓慢的爱中,我飞快地
度过了一生

灯灯（1976— ）

原名胡宇，江西上饶人

给 你

我愿意这样流泪
在你怀里，像一个软弱的人
音乐落在寂静深处
有一半已经潮湿，余下的部分
在你，轻轻的叹息里

窗外有风，风将往何处去
这会是我们的夜晚么，亲爱的
你看，月亮老了
而我们还是新鲜的
我想象海，海就真的到来
用音符，用小提琴
在我的身体上，为你拉出每一片波浪

我爱你，更多的爱

是在时光后面
整个大海站在我的眼眶里
星星也忍不住发光
你看,我还是不愿睁开眼

是的,我多么害怕,一睁开眼
天就亮了

七

远洋(1962—)
河南新县人

向开拓者致敬

你,开拓者,一个民族的开路先锋,
肩负时代的巨斧和雷电,
和闪着早春寒光的犁铧,
劈开冻云,向板结的土地挑战,
向僵滞的季节挑战,
向藤蔓纠结的藩篱和荆棘封锁的禁区挑战。

你曾喊叫着,行动着,沉默着,
高高竖立起一个开放的雕塑和路牌——

把门打开!
把门开得大些,再大些!
把门框推向两边一直推到开裂!
把陈旧而开裂的门框拆下来!

今天，当你老了，本该卸鞍歇息，
你又从头开始，从零开始，从负数开始——
卸掉历史的包袱，
轻装前进，上路！

为突破瓶颈，穿过夹缝，
冲出长长的幽暗的隧道，
指挥着，调度着，大声疾呼着，
让一切走上新的轨道，
走上电缆和光纤铺设的信息高速公路，
让一切高速并且高效地运转起来！

让一道思想的光芒照亮春天的泥泞，
让波澜壮阔的春潮通过你继续汹涌澎湃地奔流，
你筋肉凸突的臂膊仍然迸泻着汗瀑，
你久久压抑的力量也从中喷发出来——
你以抛弃一切和不怕被一切所抛弃的果敢——
仍然站在了时代的最前列！

江凡（1972— ）

原名毛江凡，江西人

小道与大道
——献给改革开放四十周年

1

时光如水，而望城冈的春天，一往情深
一条小道，蜿蜒在南昌北郊的山冈上
在这片被崭新命名为"新建区"的大地
这条小道，将一个大写意的春天唤醒
这条小道，将无数双探寻的眼眸牵引
这条小道，将一段深重的历史与传奇铭记

这条小道，与乡道、县道、国道紧紧相连
与真理之道、光明之道、正义之道紧紧相拥
与国家的命运与世道人心紧紧依偎
在中国乃至世界的宏大版图上
这条看上去并不起眼的小道

却构筑起一条人心所向与中华复兴的康庄大道

2

青松掩映,修竹摇曳,月桂葱郁
山茶花蓓蕾初绽,桃花梨花早已芬芳满庭
鸡鸣三声,晨曦和煦
废弃的南昌陆军步兵学校"将军楼"里
走出了一位神情镇定的老人

7:35分从家动身,一条小道
沿着荒坡与田埂徐徐延伸
红土为盖、芳草丛生,1.5公里,3000余步,25分钟
已经65岁的老人脚下生风,一路疾行
从住处到工厂,一天两个来回
委屈与失意早被踩在脚下
两旁,雪白的栀子花芳香四溢

3

1970年的初春,乍暖还寒
新建县拖拉机修造厂的车间里
锤子与钢锭碰撞出沉闷的声响
一张铣床前,一个叫"老邓"的老钳工

一丝不苟,汗湿衣衫

只见他,一手握着钢锉,一手拿着齿轮
把命运的起起落落与人生的悲喜荣辱
一次次细心啮合,耐心磨砺
三年,一千多个日子,
老钳工一丝不苟,目光专注而坚定

4

春光不可负,春时不能误
"将军楼"院子里,这位老人乘着春雨浸润
在两片新拓出的菜地上松土
种上了白菜、辣椒、丝瓜、苦瓜和豇豆
此刻,这位老人不仅仅是一位园丁
更是为人儿、为人父、为人夫
别看他上了岁数,作为家里唯一的"壮劳力"
他种地、养鸡,劈柴、生火
最惬意的,是喝一小盏烈酒
遥看窗外梅岭,山峦辽阔
最深沉的,是在黄昏落日之前
绕着院子一圈圈散步
那是在忧思他的祖国和人民的命运前途

5

寒冬遮不住,梧桐新叶出
1973年2月,春天的讯息传遍江南
长满了大地、旷野、山坡
还是这一位老人
他从车间里走出,拍拍身上的尘土
他从小道一路往前,越过长江黄河、大地神州
回到人民的首都
他带着最亲近泥土的思索
和最贴近人民的初心与真挚
设计了从一条小道迈向
中国特色社会主义大道的旷世宏图

6

哦,这条小道,人们把它亲切地唤作"小平小道"
它蜿蜒曲折,通往繁花簇拥的时光深处
哦,这条小道,它一点也不宽敞
却从磨难与探索中指引方向,凝聚力量
哦,这条小道,它志向高远
挣脱江河湖海的阻隔羁绊,奔向远方,拥抱世界
哦,这条小道,它春风浩荡
紧贴着爱意深沉的大地,抵达十三亿人民的心坎

金占明(1955—)

内蒙古通辽人

大变迁
——纪念中国改革开放四十周年

我不记得多少重要的事情
写进1978年的日历
但记得妈妈缝制的老棉袄
还有一件灰色涤卡的外衣
伴我度过大学时代
和北方漫长的冬季
每月15块4角钱的伙食补贴
就是那个年代的骄傲和欣喜
春节回家的路上
带二三十斤面粉——送给伯父的见面礼
挤上人满为患的长途客车
气喘吁吁
那时多吃上几顿白面皮的饺子
是多少乡村人的希冀
新娘结婚要的四大件

手表、自行车、收音机和缝纫机

记得1988年
自己博士生的二年级
那件爱不释手的西服
在家乡是那样被人瞧不起
他们不知道城市掀起了西服潮
也不认识昂贵的人字呢
从京城回家乡乘的绿皮列车
惊人的拥挤
小小的厕所内
也有几个乘客小憩
但在校园内的房子中
家里有了彩色电视机
在北京学生宿舍的楼层里
可以在电话里听到家人问候的话语
每月的工资和补贴
62块钱人民币

1998年，
又是十年过去
借着对外开放的东风
自己也有了两次北美访学的经历
那是好多读书人曾经的梦想

也是个人履历表上的绚丽
讲台上自己也会侃侃而谈
哈佛大学的新案例
异国雪地上排满的家用轿车
昭示着我们与西方国家的巨大差距
那时的肯德基、麦当劳和比萨饼
在中国和美国的餐桌上代表着不同的意义
从美国归来带回的7500美元
让妻子的脸上洋溢着喜气
年家庭收入第一次超过10万元
也预示着中国人的生活迈上了一个新台阶

2008年属于一个新世纪
洋快餐早已不再新奇
林立各种中西式餐馆的街道
留下了各国商客和朋友的足迹
家里新置的两套商品住房
让自己告别了羡慕别人的往昔
别克牌小轿车
成了校园代步的工具
和外国友人聊天
自谦中也隐含着站立起来了的扬眉吐气
家乡的柏油路上
也早已响起悦耳的汽笛

田野上的播种机、收割机和脱粒机
早已取代人力和畜力
问及现在的生活
乡亲们常常笑而无语

2018年我已年过花甲
改革开放也经历了40年的风和雨
驾驶着新购的奔驰牌轿车观光
全家人有说不出的舒心和惬意
手机换了一代又一代
网上购物和手机钱包成了生活的新情趣
出国旅游度假成了家常便饭
那是以前连想也不敢想的奢靡
年轻的同事讲一口流利的英语
在国际论坛上讲中国故事的启迪
家乡农民住的小洋楼
让都市人也感叹不已
铮亮的柏油路
已经铺到了家乡的村子里
缩短了城乡之间的距离
第一次给山村打上了城市化的印记

40年的改革开放,不是终章而是序曲
十九大的召开,奏响了新时代的序曲

更美好的祖国

是所有华夏儿女的祝愿与期许

阿信(1964—)

甘肃临洮人

那些年,在桑多河边

下雪的时候,我多半
是在家中,读小说、写诗,或者
给远方回信:
　　雪,扑向灯笼,扑向窗户玻璃,
　　扑向墙角堆放的过冬的煤块。
意犹未尽,再补上一句:
　　雪,扑向郊外
　　一座年久失修的木桥。
在我身后,炉火上的铝壶
噗噗冒着热气。

但有一次,我从镇上喝酒回来,
经过桑多河上的木桥。猛一抬头,
看见自己的家——
河滩上

一座孤零零的小屋,
正被四面八方的雪包围、扑打……

蓝野（1968— ）

原名徐现彬，山东莒县人

母　亲

怀孕的女人登上公共汽车
扶好车门里侧的立杆后
对着整个车厢，她很快地瞥了一眼
她那么得意
像怀了王子
她的骄傲和柔情交织的一眼
似乎整个车厢里的人，都是她的孩子

车微微颠簸了一下
我，我们，和每一丝空气
都心惊肉跳的惊呼了
——道路真的应该修得平坦一些
——汽车真的应该行驶得缓慢一点
很多母亲正在出门，正在回家
正怀抱着整个世界，甜蜜而小心

大卫(1968—)

本名魏峰,江苏睢宁人

某一个早晨突然想起了母亲

整整二十年,母亲,我还记得
那个夜晚,你像一盏灯
被风吹熄
哭嚎都没有用。十二岁的我
甚至还不知道什么叫绝望与悲伤
母亲,你去了哪里
冥冥之中,难道还有谁
比我更需要你

作为最小的孩子,作为一个
七岁时就没有了父亲的孩子
你走了之后,母亲
我冻红的手指
只有让姐姐来疼了
许多次,上学的路上

我总是跟在年老妇人的背后
真想抱住她的双腿
低低地说一声：
带我回家吧，妈妈
本来我是你心头
最放不下的一块病
十年后，没想到我做了一名医生
当每一种治疗哮喘的新药问世
母亲，除了你
还有谁能提供原版的咳嗽
还有谁捂着胸口说：
闷得我实在受不了

这些年想你，尤其在清明节
但你当初生下我，肯定
不是为了这一年一次的怀念
有一次向你走去的时候
内心竟有一些生分
我怎么了？难道这是去看望一位
失去联系多年的亲戚
当我在你的坟前跪下
发白的茅草，谁是你的根
母亲，这些年来如果不是你

守住这个地方

我又到哪里去寻找故乡

谷禾(1967—)

原名周连国,河南周口人

父亲回到我们中间

春天来了,要请父亲回到
我们中间来

春天来了,要让父亲把头发染黑
把黑棉袄脱去
裸出胸前的肌肉,和腹中的力气
把门前的马车
在我们的惊呼声里,反复举起来

春天来了,我是说,
河水解冻了,树枝发芽了
机器在灌溉了
绿蚂蚱梦见迷迭香花丛
当羞赧升起在母亲目光里,一定要请父亲
回到我们中间来

要允许一个父亲犯错

允许他复生

要允许他恶作剧

允许他以一只麻雀的形式,以一只跛脚鸭的形式

以一只屎壳郎的形式

或者以浪子回头的勇气,回到我们中间来

春天来了,要允许父亲

从婴儿开始

回到我们中间来

要让父亲在我们的掌心传递

从我的掌心,到你的掌心,她或者他的掌心

到母亲颤巍巍的掌心

春天来了,要让他在掌心

传递的过程中

重新做回我们披头散发的老父亲

娜夜(1964—)

祖籍辽宁兴城

生 活

我珍爱过你
像小时候珍爱一颗黑糖球
舔一口马上用糖纸包上
再舔一口
舔得越来越慢
包得越来越快
现在只剩下我和糖纸了
我必须忍住:忧伤

纸　人

我用纸叠出我们
一个老了　另一个
也老了
什么都做不成了
当年　我们消耗了多少隐秘的激情

我用热气哈出一个庭院
用汪汪唤出一条小狗
用葵花唤出豆青
用一枚茶叶
唤出一片茶园
我用:喂　唤出你
比门前的喜鹊更心满意足
——在那遥远的地方

什么都做不成了
我们抽烟　喝茶　散步时亲吻——
额头上的皱纹
皱纹里的精神

当上帝认出了我们
它就把纸人还原成纸片

这样的叙述并不令人心碎
——我们商量过的:我会第二次发育 丰腴 遇见你

卢卫平(1965—)

湖北红安人

在水果街碰见一群苹果

它们肯定不是一棵树上的
但它们都是苹果
这足够使它们团结
身子挨着身子 相互取暖 相互芬芳
它们不像榴莲 自己臭不可闻
还长出一身恶刺 防着别人
我老远就看见它们在微笑
等我走近 它们的脸就红了
是乡下少女那种低头的红
不像水蜜桃 红得轻佻
不像草莓 红得有一股子腥气
它们是最干净最健康的水果
它们是善良的水果
它们当中最优秀的总是站在最显眼的地方
接受城市的挑选

它们是苹果中的幸运者 骄傲者
有多少苹果 一生不曾进城
快过年了 我想从它们中挑几个最想家的
带回老家 让它们去看看
大雪纷飞中白发苍苍的爹娘

刘春(1974—　)

广西荔浦人

我写下的都是卑微的事物

我写下的都是卑微的事物
青草,黄花,在黑夜里飞起的纸片
冬天的最后一滴雪……
我写下它们,表情平静,心中却无限感伤——
那一年,我写下"青草"
邻家的少女远嫁到了广东
我写下"黄花"
秋风送来楼上老妇人咳嗽的声音
而有人看到我笔下的纸片,就哭了
或许他想起了失散已久的亲人
或许他的命运比纸片更惯于漂泊
在这座小小的城市
我这个新闻单位卑微的小职员
干着最普通的工作
却见过太多注定要被忽略的事

比如今天,一个长得很像我父亲的老人
冲进我的办公室
起初他茫然四顾,然后开始哭泣
后来自然而然地跪了下去
他穿得太少了,同事赶紧去调高空调的温度
在那一瞬,我的眼睛被热风击中
冬天最后的那一滴雪
就从眼角流淌出来

江非（1974— ）

原名王学涛，山东临沂人

傍晚的三种事物

在傍晚，我爱上鸽子，炊烟，和白玉兰
我爱上鸽子的飞翔，炊烟的温暖
和心平气和的白玉兰
我爱上炊烟上升，鸽子临近家园
白玉兰还和往常一样
一身宁静站在我的门前
在夜色中，在平墩湖的月亮升起之前
它们分别是
一位老人对大地的三次眷恋
一个少年在空中的三次盘旋
和一个少女，对爱情的沉默寡言

故乡曲

在那里

白菜
是最白的女人
高粱
是最高的男人

在那里

土地
是最土的布匹
羊皮
是最洋的服饰

在那里

宽恕
是最宽的河流

小气
是最小的垃圾

在那里

老师
是不老的孔子
传统
是流传的诗经

宁明(1963—)

河北魏县人

起飞中国

我的生命注定要写进这一天的日历
从跨进驾驶舱那一刻起
我就把自己都交给了C919
它也把命运交给了我
这一天,上海浦东机场的天空阳光明媚
把试飞现场几千人激动的心情
也映照得像五月一样晴朗
我调匀呼吸,再次仔细检查每一项座舱设备
仪表板上的每一只指示灯
都向我意味深长地眨着明亮的眼睛
它们像刚踏上花轿的新娘,眼神儿里充满了
难抑的激动,和掩饰不住的一丝紧张
而此刻的我,心情和C919一样
彼此怀揣着好奇,一次次把对方深情地凝视
我了解C919不平凡的身世

也听说过它背后藏起太多的动人故事
它是一个"吃百家饭"长大的孩子
血液里流淌着几千名设计师的腾飞梦想
就连身上穿的衣裳,也是来自祖国的四面八方
——有成都的帽子,江西的上衣,哈尔滨的鞋子
还有西安的风衣,沈阳的裤子,上海的领带……
这样的完美组合,才更具一副中国的气质
我还知道,C919是一个腹有诗书的才子
据说,它有六项学问至今无人可及
能与这样的优秀者做合作队友
是我的荣幸,更是一种信任的依托
我和C919神情肃穆,静静地昂立在起飞线上
只待那一句"起飞"的口令
发动机涡轮叶片的旋转比思绪更快
我收回想象,目视笔直的通天大道伸向远方
将心中按捺不住的冲动,用刹车止住
C919在静止中积蓄着冲刺的力量
我的心和它一起震颤,一起渴盼
巨大的轰鸣声淹没了外界的一切窃窃私语
一个大国的自豪,即将起飞
我感受到了C919的巨大推力
它正在让一个民族的伟大梦想不断加速
跑道两侧的障碍物统统被甩在了身后
速度表上的数字在迅速攀升

我在耳机里仿佛听到了自己的心跳
加速滑跑,再加速、加速——
C919终于盼到了昂首挺胸的时刻
我双手握紧驾驶盘,像轻轻托起
一颗初升的太阳,又像托住了一个初生的婴儿
飞机挣脱大地怀抱的那一刹那
我的心倏然下沉,虽意志决绝,而又依依不舍
这多像十月怀胎的母亲,猛然听到了
那一声让人喜极而泣的幸福哭喊
今天,所有的云朵都格外洁净、安详
它们轻轻擦拭着C919修长的双翼
像抚摩一位新过门的蓝天女儿
C919尽情地沐浴在万里春风和灿烂阳光下
比游弋在大海中的大白鲸游姿更美
飞翔中,我的意志被插上了自由的翅膀
其实,我就是一只巨大的白鸟
用羽翅在蓝天上描绘一幅最美的图画
我要让日月星辰和所有仰望的眼睛
都能看清,并牢牢记下C919潇洒的身姿
记住2017年5月5日这个神圣而庄严的日子
是的,我用使命把C919送上了天空
我的生命,从此注定要和China焊接在一起
天空不再只会掠过A字头和B字头飞机的身影
更多C字头的飞机,将跟随我一起起飞

一个庞大的机群,将穿行在地球未来的上空
用一条条纵横交错的航线
编织出一张巨大的天网,为全人类
日夜打捞,最吉祥、美丽的礼物

邵悦(1972—)

辽宁昌图人

港珠澳大桥

55公里的长度,乘以
年年岁岁跨海往返的里程,就等于
两岸同胞心手相连的长度
33节钢筋混凝土沉管对接的海底隧道
加上后浪推前浪的奔涌,就等于
两岸同胞世代相融的深情
千百年了,我们心中早就架起
这座连心桥,互通不老的乡愁

梦想,从来不会主动走向我们
我们必须大步向它走过去,风雨兼程
无需铺垫,无需语言,无需隐喻
港珠澳大桥,横空出世
——起于海,又止于海
超越此岸,归于彼岸

大海洋上的漫游者,海底隧道的
穿行者,给世界以最大难度的
"深海之吻"——
5664米长,75000吨重

伶仃洋的波澜,涌动了那么久
却没有谁在我们之前
敢去"跨"它一下,更没有谁
敢去"深吻"它一下
伶仃洋里,不再叹伶仃
我们以最长、最大、最重的气运
书写中国新时代的格律诗
以精心、精细、精准的崛起
给世界一个平平仄仄的韵律

没有比桥,更直达希望的路
没有比跨越海潮,更澎湃的激情
大海洋,一座桥梁的臣服者
跨海大桥,一个大国崛起的丰碑
建造者、筑梦者——
我们以静水流深
降服万物,又恩泽万物
大洋之上,"一国两制"框架之下

港珠澳大桥,这枚闪光的奖章
别在华夏民族昂首阔步的胸前

刘笑伟(1971—)

河北石家庄人

朱日和:钢铁集结

这是战斗的集群在集结,
在辽阔的、深褐的大漠戈壁疾驰,
翻腾起隆隆的雷声。
犹如夏日的篝火,用暴雨般的锤击,
为祖国送去力量和赞美。

这是战斗的集群在集结。
金属浸透迷彩,峥嵘写满军旗。
中国革命的果实,在我们思想的丛林
扎下深深的根:长征,依旧每夜
在灯光下进行,延安窑洞的烛火
响彻我们灵魂的四壁。

我们是中国军人,
是绿色的海洋,是枪炮所构造的

金属的鸽子,是夏日乐章中
最热烈的一节;是峭壁上的花朵和黄金,
是转折关头升腾的烈焰,
是凤凰涅槃般的浴火重生。
我们守卫着黄河的古老,
守卫辽阔的海洋和天空,
以及敦煌壁画的色彩。
我们热爱的云朵,垂下雨滴
守卫祖国大地上每一粒细微的种子。

这是战斗的集群在集结。
电磁的闪电蓄满山冈,
巨舰驶向深蓝。
我们是深山密林内,大漠洞库里,
直指苍穹的利剑,
是冲击蓝天的极限飞行。
是惊涛骇浪里,潜在最深处的
无言的威慑。我们是神舟,是北斗,
是天河,是天宫,是嫦娥,是蛟龙,
是写在每个中国人脸上自豪的微笑。

这是战斗的集群在集结。
我们是强军征程上,品味硝烟芬芳的
年轻的脸孔;是迈向世界一流的

热切的渴望；是热血开在身体外的
漫山遍野的红杜鹃。

只要有古老的大地，只要有复兴的梦想，
只要有美丽的人流和耸立的大厦，
我们就会永远用警惕的姿势抗击阴影，
只要有祖国的概念，只要和平与爱情，
我们军人的意义就会永远
在大地上流传，绵绵不绝。

芦苇岸(1971—)

贵州德江人

强　音

互联网大会前一天
同事捷足先登
像战地记者一样伫立黄金海岸
眺望整个乌镇青黛的瓦檐下
那迷人的万家灯火,在黄昏中
渲染幸福的感觉
一滴生活的重水
滴着青条石的苔痕,发出江南的
强音,如你手机清晰的屏保
接通连线,震动我流年的耳鼓
远方这么近,天涯咫尺
不仅是一种体验
更是一种剧情
嘀嗒声伴奏的现实
闪过轻快的脚步

这些在水乡依稀的身影
也一定会在世界的尽头成为永恒
成为同事们写在头条的文字
而更多的人,在文字背后
默默抬高双眼,他们看到了
盛大的节日,空中在传递
来自会场的对谈,及其铿锵的发言

黄成松(1986—)

贵州水城人

大数据笔记

那些年,我们说大数据
进行筚路蓝缕的探索
仿佛是在云端漫步
被人笑话或质疑是难免的
但当别人问起我从事的工作
我从来不会迟疑我搞大数据
那些年,我们办数博会
有人嘲笑我们是异想天开
北上广深的老板过来考察
摇摇头,说别以为请几个人
办几个论坛,就能招商引资了
但我们始终坚信
贵阳发展大数据的方向是正确的
一个,十个,百个……
成千上万的有识之士加入了我们

转眼三年,从无到有
贵阳的大数据,真正落地生根,开花结果
数据开放共享、数据安全、区块链
成为贵阳撬动大数据发展的三大焦点
戴尔、富士康等国内外著名企业入驻了
数据集聚的高端人才形成了"贵漂"现象
"中国数谷"在崇山峻岭之间迅速崛起
贵阳健步走向世界,世界重新认识贵阳
贵州成为全国第一家大数据综合试验区
大数据成为贵阳最响亮的名片
国家总理亦来为大数据点赞
总书记则说:"贵州发展大数据确实有道理。"

龙小龙(1979—)

四川南充人

中国制造的高纯晶硅

我看见一种有形或者无形的力量
集合着一支队伍
某种一盘散沙的状态终于凝聚成固体物质
具有前所未有的质感和硬度
引领着时代的元素周期

我看见原始的蛮荒与粗野
经过洗礼、合成、精馏、冷凝和还原
经过深层次的围炉夜话
达成了一次又一次的理解与默契
弯曲的道路被工匠精神的热情拉成了
笔直的梦想

我看见种植的黑森林,和小颗粒的阳光
中国的金钥匙,打开了西方的封锁

赋予大格局的意识形态
那闪烁的半导体,正满怀笃定的信念
走向岁月的辽阔

李点(1969—)

河北衡水人

在异乡

我得学会在陌生之地站住脚
熟悉陌生的店铺和街道
对单元楼里遇到的每个人报以温和的笑
让他们毫不费力就接受
一个初来乍到的小妇人和她心中的万千河山
异乡的星斗格外明亮
异乡的凤尾丝兰开得招摇
异乡的秋天被蛐蛐一声一声叫凉了
我有异乡人一时无法修正的疑虑、忐忑和不安
夜深人静我在陌生之地执笔
在一千二百元月租的房子里缓缓写下
一切尚好,请勿挂念

第广龙(1963—)

甘肃平凉人

祖国的高处

祖国的高处
是我黄河出生的青海
是我阳光割面的西藏

三朵葵花在上
一盏油灯在上
我爱着的盐
就像大雨一场
穿过肝肠

秋天到来,秋风正凉
路上是受苦,命里是天堂
歌手打开琴箱
把家乡唱了又唱
安塞的山多,驿马的水旺

一遍一遍的声音
是洗净嘴唇的月光

祖国的高处
长者慈祥
一个是我的父亲
一个是我的亲娘
守着银川的米

守着关中的粮
一辈子有短有长
骨和肉都能抓牢
都能相像

窗花开放,岁月悠长
我心上的妹妹
身子滚烫
左手举壶口,右手指吕梁
你的温柔就是我的刚强
把银子装满睡梦
把生铁顶在头上
我的幸福,在泥土里生长

林莉(1973—)

江西上饶人

小镇时光

几乎是滴答一声就入秋了
几乎是滴答一声,门前的桂花开了
庭院的桂花开了,整座小镇的桂花全开了
这样的时候你可以在小巷踱步
也可以到一棵花树下无声凝望
或者把白衬衫铺在草地上,甜甜地睡去
当天色渐晚,那归巢的红嘴鸟会把你唤醒
你一抬头,桂花就落在你的
脸上,肩上,脚趾上
你突然发现,小镇多么安宁
只有花在轻轻地悄悄地开了又落
你多么幸福,以至于有足够的时间
去奢侈地体验忧伤……

舒丹丹(1974—)

湖南常德人

冬 日

冬日,与父母围炉共坐
安静如老年心境

白瓷缸子。旧相框。比我年长的五屉柜
太多的事物提醒我:记忆

我也是记忆留下的一桩旧物什
像一个梦,由此地启程,奔走在时间深处

寻找,遭遇,记取或遗忘
比此刻一枚落日的重量更真实,或是更虚妄?

我们谈起疾病,衰老,未来生活可能的安排
面对世间最高的秩序,唯一能挪的棋子:顺从

父母老迈,尚能承受流逝的忧惧
我,又能对命运抱怨些什么?

窗外,黄昏的光线如此广阔
我为卧病的母亲,静静削着荸荠

许敏(1969—)

安徽肥西人

亲亲祖国

猝然相遇
这荧屏上无数跳动着的脸谱
京剧的　川剧的　黄梅的……
都是我血脉里的故乡

听　金鸡那漂亮的一嗓子
惊醒祖先沉睡的粗陶
植根山水　爆芽民间
有多少宫商角徵羽
踩着千年的鼓点与节奏
走过关山　走过平原
走过那枚红菱肚兜抖开的
一角鲜嫩的江南

石头里的秦俑　汉马

烟波上的船歌　　渔汛
谁抬起沉重的脚　扶不稳内心的节奏
漂洋过海
又被牵回万里外的村庄
走进母亲床头的陪嫁箧
走进父亲手中的紫砂壶
走进妹妹身上那块蜡染布
　　牧着一群长不大走不丢的牛羊

今生　燕子不会认错回家的方向
　飞天舞袖
我是大漠里挑灯看剑的诗人的后裔
目光随三山五岳隆起的地脉上升
又在互联网上穿行
黄河边那个又花又鼓的女子是我的爱人
一月移动莲的步伐
我的心是一只洁净丰盈盛满爱情的坛子
只愿在清水里受孕
亲亲祖国　从高原到海洋
今夜　我是吻向您额头的那弯新月

李满强(1975—)

甘肃静宁人

海南书

一

当我在纸上写下:海南
远方的三角梅就开了
高大的椰树林,就在晨光中频频招手
当我在祖国的版图上
辨认出我的崖州、琼州,辨认出我的
千里长沙、万里石塘
一株百年黄花梨柔软的金丝里
就荡漾起古老的乡愁

二

这是从冰凉的海水中成长起来的海南

这是火山曾经奔涌不息的海南

这是丝绸舒展、瓷器闪光的海南啊

这也是苏东坡和海瑞念念不忘的海南

当赤道温暖的洋流再度抵达天涯海角

当浩大的春风,在南方骤然生成

共和国年轻的孩子,脱胎换骨

在1988,开始扬帆远航

三

在海口,我曾和一个当年"下海"的诗人彻夜长谈:

那时,大海荡漾着迷人的召唤

这年轻的土地,期待开垦、播种和繁殖

期待着以最快的速度生长

湖南人、四川人、陕西人、甘肃人⋯⋯

仿佛世界上所有的人都来到了海南

旅行者、淘金者、冒险者、建设者、梦想家⋯⋯

在海南,都如鱼得水,都找到了用武之地

四

此后,你看那潮头涌动之处

红树林开始迅速生长。万泉河水

泛着欢乐的波浪。一只漂泊多年的渔船

迅速辨认出了高高矗立的木兰灯塔
莺歌盐场,炽热的阳光和风
一次次重新塑造着大海的形状
三亚、博鳌、琼海……一个个古老的渔村
在时代的春风里,变成了四季花园,度假的天堂

五

跟我去看看三沙吧,去看看
那里的每一个沙洲,睁大了眼睛的蓝洞
当永兴岛上的红旗
在清晨的第一缕阳光之中缓缓升起
你看,祖宗海上
那些美丽的珊瑚,游动的鱼群
一只只在海底自由走动的梅花参
都长成了自己想要的模样

六

时隔三十年,当我在北方高原上掉头南望
我确信,海南啊,那就是我梦中的诗歌和远方
当我坐着环岛高铁,在丰收的阡陌中穿行
当那高高的航天发射塔,一次次
向太空送去我们的问候和探索

当那探海的蛟龙,一回回从深水中成功返航
我坚信潮起潮落之间,已是世事更迭、换了新天
南海上的每一粒沙,都积聚了新的力量

七

而现在,建设美好新海南的宏图已经绘就
而现在,阔步迈进新时代的号角已然吹响
你听,每一朵跳跃的浪花,都在歌唱幸福的愿景
你看,每一艘出港的巨轮,都有着自信的航向
在海南,我曾见明月高悬、海风温柔
守护着一个民族不变的初心
在海南,我曾见旭日东升、金光万丈
辉映着一个东方文明古国崛起的梦想!

陈勇(1967—)

河南新乡人

大道阳关

一

在阳关,玛瑙酒杯刚一碰到日头
无数条道路便摇着驼铃卷土而来
历史的乡愁囤积在此,绵亘千年
一只蚕的流涎里横贯着欧亚大陆

我以一支竖笛的节拍,把风尘轻拭
把阳关高昂的石碑举过时光的地平线
从长安、汴梁到顺天府,从唐诗、宋词到永乐大典
所有的盛世都在小夜曲里荡过秋千

所有文明的关牒,都不吝于把干戈化为玉帛
把通天大道和闯海码头收入阳关的布袋里

即使百代之后再度出发,也要见证这复兴之旅
怎样让一个几度强盛的古国,重新伫立在珠峰之巅

二

月朗之夜,胡马的嘶鸣,把我从一首边塞诗中揪醒
故国的烽烟只剩下凭吊的废墟,玉器堆满了胡床
兵戈鸣镝埋进了沙砾,将军换了朝服
挂满宫灯的城阙上,贵妃的醉意俯视着能见度最好的山河

这妆奁了和平的镜像里,一条摆渡于时光穿梭机的丝绸之路
从阳关的肩头飘过,在大漠雄鹰的瞳孔中留下倒影
你好,请把波斯、暹罗、雅典、罗马的城门打开
让郑和的船队驱使任意一朵浪花,开遍沿途的岛礁

就像史册里驰行的高铁,一条接近于起飞的蚕
用轻柔的丝巾在大地上轻轻地挽一个结
面包与馅饼、热狗与披萨之间的冷漠或疏离
便在同样的味蕾上迅速和解,万众归一

三

这是在驼峰上汇聚着无限热能的阳关
东来西去的商贾,运载着布匹、丝绢、瓷器

把无数驼印摁进古都的喧嚣和繁华
让饥饿、贫穷与战争在文明的酒幌前打烊

这是被友谊的大道反复印证和签注过的阳关
陌生的面孔正变脸为故人,握手有了温度
一团和气的贸易让秤星懂得了谦让
任何敌视和对立只会令饱胀的欲望两手空空

这是庄严的界碑不再筑起门槛的阳关
美酒、茗茶和咖啡的香味弥散在同一扇窗前
当友好往来不再浅唱于外交辞令,那也不妨
在琳琅的店铺与街衢之间坐落为一种俗套

四

这是大道起于阳关而通于世界的复兴之梦
每一个星座都把漂流瓶写上中国的名字
所有的花都摊开掌心,被正午的阳光所加持
被敏锐的时尚追逐的旗袍,可以将T台直译为丝绸之路
我在昼与夜的切换中对视着这个世纪之梦
我在一粒细胞的渺小中推算着伟大之大
如同阳关以石碑为准星,校正四通八达的大道
如同一匹丝绸,足以调动任意一条陆路或海路的神经

世界,我来了!带着历朝历代出土的名片

一面是驼铃摇曳、轻纱遮面,一面是渔歌唱晚、绿岛浮浅

大道阳关之上,筑梦的中国正破空归来

千年丝路醒转的一刻,正是花枝春满、天心月圆

苏雨景(1969—)

山东滨州人

春天,就是一场生命的接力

先是金灿灿的迎春
柔软的枝条拉着满弓
射出洞穿严冬的第一支箭
寒凉就此止息。光阴苍茫
总要有人喊出第一声道白
才可以抖开人间的水袖

接着是梨花
大雪一样的,向着天际弥漫
从平原,到谷地,河畔
到处 是她明眸皓齿的样子
湛蓝的天空下,成片发光的魂魄
让整个春天布满了经文

然后是桃花

她们有着绯红的脸庞,新奇的眼神
呼啸而来的青春气息
她们在号令下集结,又陨落
为了接近大地,摩肩接踵
轻盈的肉身碰撞出生命的脆响

为什么要写到这场接力
因为她们都有不可复制的凋零
都有化作尘泥的宿命
久久盘桓的余香
以及令人颤栗的轮回
都有让我梦里都想喊出口的姓名

不能忽略,家园返青之前
她们隆重的盛开
她们把风雪抱在怀里
把险境抱在怀里的悲壮
现在,她们以这样的方式
与我相顾无言,就是在告诉一个诗人

不要只写清风明月
只写此时最表面的章节
最舒适的段落
还要借助巨大的春风给骏马

以鞍鞯,以长鞭,以驰骋的疆域
以抵达的马蹄铁